엄마의 방

치매 엄마와의 5년

엄마의 방

치매 엄마와의 5년

유현숙 지음

창해

  내 인생 5년이 사라지고 엄마의 5년을 내가 지켜냈다. 내
엄마가 지금껏 건강하게 살아 계시다는 걸 너무 감사하게 생
각한다. 내가 치매 엄마를 모시면서 누구에게나 다가올 수 있
는 치매에 대해 또 미래의 치매 가족과 지금도 고생하고 있을
치매 가족에게 도움이 되는 책을 쓰기로 결심했다.

  치매란 녀석은 잘사는 사람도 못사는 사람도, 많이 배우고
세상을 호령하던 사람도, 존경받던 유명 인사도, 건강을 자신
하던 사람도 가리지 않고 찾아온다. 그러나 엄마를 모시면서
치매란 나을 수는 없어도 좋아질 수는 있다는 점을 알 수 있
었다. 여기에는 의사와 가족들의 힘이 필요하다.

  치매 가족은 가정이 붕괴되기도 하고, 가족들의 건강에 문
제가 생기기도 한다. 또 경제적으로 힘들어지기도 하며, 가족
중 누군가는 희생할 수밖에 없다. 우리 가족도 그랬지만 가족
이 치매라는 소리를 들으면 멘붕 상태가 된다. 특히 우리 엄마
는 사회활동도 열심히 하고 건강관리며 공부, 서예, 요가, 글쓰

기 외에도 하루가 모자랄 정도였지만 치매가 찾아왔다. 봉사 활동까지 열심히 하시고 매일 아침저녁 힘차게 한강을 달리셨던 분의 치매는 가족은 물론 주변 사람들도 믿지 못했다.

그 당시 나는 정신건강 잡지를 만들고 있었고, 정신건강에 대해 공부 중이어서 빨리 발견할 수 있었다.

겨울의 새벽을 뚫고 경비실에서 인터폰이 왔다.

"잠시 내려와보셔야 할 것 같아요. 따님 집 호수도 생각 안 난다고 하시고, 이사 간 줄 모르시는지 303호 번호키가 안 열린대요."

내가 경비실로 찾아갔을 땐 엄마는 핑크색 밍크 극세사 잠옷에 보라색 패딩 조끼만 입고 떨고 계셨다. 이미 예견했지만 엘리베이터 안에서 엄마의 옷차림을 보자 온몸이 떨렸다.

엄마를 모시고 들어와 따뜻한 차를 만들어드리고, 따뜻한 물로 목욕을 시켰다. 그런 다음 욕조에 거품을 풀어 긴장을 풀어드렸다. 그러는 동안 내 머릿속은 폭탄을 맞은 것 같았다. 시계를 보니 새벽 4시. 동생들이 놀랄까 봐 아침이 올 때까지 기다리는 동안 무섭고 두려웠다. 당시 내 아들은 미국에서 공부 중이었고, 남편도 사업상 베트남에 있어 집에는 강아지와 나뿐이었다.

그나마 큰동생이 가까이 살고 있어 아침 일찍 달려왔다. 그리고 바로 이대 목동병원에 가서 뇌 사진을 촬영한 결과 혈관성치매가 5% 진행된 상태였다. 바로 치매 약을 드시긴 했지만 엄마의 생활에는 아무 문제가 없었다.

그 와중에 엄마는 미국에서 사는 막냇동생 집에 가겠다고 고집을 피우셨다. 난 그런 엄마를 만류했지만 미국 사는 막내아들과 살아보시겠다며 결국 미국으로 떠나버리셨다. 매일 연락을 주고받으며 즐겁게 보내시는 것 같다고 생각했는데, 몇 달이 지난 어느 날 막냇동생이 "엄마 한국 가시면 가실 만한 요양원을 알아보라"고 했다.

난 반대했고, 엄마가 살고 계시던 2층집 1층으로 들어가 엄마가 오시기를 기다렸다. 엄마가 오시고 5년 동안 나는 24시간을 긴장하며 철창 없는 감옥생활을 했다. 내 인생 5년을 잃어버리고 엄마를 지키며 엄마의 육체적·정신적 건강을 지키는 파수꾼으로 살았다.

난 후회가 없다. 엄마를 잘 지켜냈고, 지금도 건강하게 살아계시다는 것에 감사할 뿐이다.

부디 치매 가족과 예비 치매 가족들에게 내 글이 도움이 되었으면 하는 바람이다. 치매 가족이 생겼을 때 보호자가 당황하지 말고 운명처럼 받아들이고 현실을 직시해야 한다. 무작정 요양원으로 모시는 것도 반대다. 보호자는 치매 환자의 치매가 진전되지 않게 돌보는 일이 먼저다.

1부
엄마, 치매에 걸리다

2부
엄마, 아기가 되다

3부
엄마, 요양원에 가다

1부

엄마, 치매에 걸리다

"엄마, 또 말도 없이 어딜 갔어요. 나 이러다 다시 심장 멈춰요."

"나 우리 아파트 갔는데 문이 안 열려. 누가 번호를 바꿨나 봐."

"거긴 왜 갔는데요"

"농장에 심을 씨앗을 작은 방에 잘 보관했거든. 내일 심으러 가려고 갔지."

엄마는 아무렇지도 않게 말했다.

– 〈본문 중에서〉

1

. . . . .

미국에서 엄마가 돌아왔다

아침잠이 많은 나는 엄마를 공항으로 마중 갈 수가 없었다. 큰동생이 엄마를 맞이하고, 동생 집으로 모셨다. 동생은 엄마가 장시간 비행을 한 만큼 푹 쉬시라고 집에 계시라 했다. 그리고 동생 내외는 사무실로 출근했다고 했다.

피닉스에 사는 막냇동생에게서 연락이 왔다. 공항에서 유쾌하게 헤어졌다고. 자신 있게 비행기를 타고 가셨고, 건강한 모습으로 형과 만났다는 연락을 받았다고 했다. 동반자도 없이 비행기를 타고 한국까지 오실 수 있는 용기는 어디서 났는지 모르겠다. 아마도 집에 돌아오는 비행기라는 자신감 때문이었을까.

큰동생 집에 도착해서 당신 혼자 온 것이 자랑스러운 듯 엄마가 연락을 했다. 그리고 좀 쉬다가 집으로 갈 테니 걱정 말라셨다. 엄마가 빨리 보고 싶었지만 오지 말란 말에 집에서 기다렸다.

그런데 오후 늦게 큰동생에게서 전화가 왔다. 쉬고 계신 줄 알고 집에 가보니 엄마가 안 계신다며 집에 오셨느냐고 물었다.

동생과 나는 집을 찾아다니다가 엉뚱한 곳으로 갔거나 길을 헤매고 있을지 몰라 걱정했다. 엄마를 찾아다니다가 결국 112에 도움을 청하기로 했다. 엄마가 올지 몰라 나는 집 앞에서 기다렸다. 초조하고 불안해서 가만히 서 있기도 힘들었다.

그런데 엄마는 잠시 외출에서 돌아온 듯 평온하고 차분한 걸음으로 걸어왔다. 기분도 좋아 보였다. 동생과 나의 지옥 같은 시간 따위는 관심도 없었다.

"엄마! 우리가 얼마나 찾았는데! 전화기도 안 가지고 어딜 갔었어요?"

"내가 집 못 찾아올까 봐? 잔소리 그만해. 나 좀 누울 거야. 피곤해."

그러더니 침대에 벌렁 누워버렸다.

"가방들은 어디 있고, 점심식사는요?"

"큰애가 가방 가져오겠지. 점심은 미용실서 먹었어."

"미용실엔 왜 가셨어요, 빈 몸으로……."

"미국에서 한 머리가 맘에 안 들어서 다시 하고 싶어 갔어. 자꾸 말 시키지 말고 미용실에 돈이나 주고 와. 갖다 준다고 했어."

엄마는 정말 피곤했는지 바로 잠이 들었다. 우두커니 잠든

16

엄마 모습을 바라보다 단골 미용실로 향했다.

"사장님, 죄송해요. 엄마가 외상을 하셨다면서요? 점심도 주시고. 감사합니다."

"엄마가 많이 변하신 것 같아요. 미국서 오늘 오셨다던데, 펌을 안 해도 될 머리예요. 그런데 막무가내로 해달라고 해서 해드렸어요. 다른 때는 여기 와서 간식도 안 드시던 분이 자장면을 사달래요. 그러더니 한 그릇을 깨끗이 비우시더라고요."

미용실 사장님께 자초지종을 이야기하고 자장면 값과 펌 비용을 내니 자장면은 자신이 사드린 것이라며 받지 않았다. 고맙고 감사한 마음에 팁까지 넉넉히 건넸다.

집으로 돌아오니 동생이 다녀갔는지 이층 엄마 집 응접실에 엄마의 가방과 여행용 트렁크가 놓여 있었다. 트렁크를 열었다. 옷가지들 사이에서 그곳에서 찍은 앨범과 팬티용 기저귀 한 통이 눈에 띄었다. 엄마가 요실금이 있다던 막냇동생의 말이 생각났다. 짐을 꺼내 정리하는데 그 소리에 엄마가 잠에서 깼다. 그리고 내게 오더니 언제 왔느냐고 물었다.

"엄마 미국 계실 때 우리 아파트서 엄마 집으로 내려올 거라고 말했잖아요. 엄마 아래층으로 이사 왔어요. 엄마랑 살거야."

"열쇠도 없는데 어떻게 왔어?"

"엄마가 나한테 다 맡기고 갔잖아요."

"그랬구나. 나, 달러 돈 많다. 우리 손자 공부하는 데 보태주려고 용돈 모았어."

엄마가 내민 달러 뭉치를 보니 1달러부터 100달러까지 없
는 게 없었다. 며느리와 아들이 주는 용돈을 쓰지 않고 그대
로 모아 왔다고 했다.

일하는 나를 대신해 엄마는 어린 내 아들을 키워주셨다. 손
자라고는 첫 손자에 아들 하나밖에 없어 친정 동생들도 이
녀석을 끔찍이 아꼈다. 아들은 초등학교 5학년 때 미국으로
가기 위해 이민 가방 하나 질질 끌고 공항으로 들어갔다. 엄
마는 무척 서럽게 울었다. 그런 엄마와는 달리 난 속으로 쾌
재를 불렀다. 한국에서 머리 아픈 학부형 짓 안 해도 되어 좋
았다.

그러나 엄마는 손자의 전화 목소리만 들어도 울먹였다. 여
름방학 때 명품 빈티지 옷을 입고 와도 울었다. 엄마인 내가
돈을 많이 못 보내서 미국 애들이 버린 옷을 입고 왔냐며.

"할머니, 이 옷 무지 비싸서 세일할 때 겨우 샀어요. 한국에
는 이런 옷 없어요. 나 안 불쌍해, 할머니! 잘 먹고살고 학교도
친구들도 다 좋아요. 우리 엄마가 옳았어요. 한국에서 방목하
는 것보다 넓은 미국 땅에 방목해줘서 너무 좋아요."

그렇게 아끼던 손자가 미국 명문대에 합격했다고 좋아했던
엄마는 손자가 한국에 들어와 있다는 것도 잊었다. 아직도 중
학생이나 고등학생인 것으로 기억했다.

그리고 키가 183센티미터나 되는 손자를 보고는 언제 이렇

게 컸냐고 했다.

"할머니, 미국 좋았어요?"

"응. 좋아!"

엄마의 귀국은 나쁜 예감을 알리며 마무리됐다.

2

·
·
·

치매의 발견

치매!

엄마에게 치매가 찾아오리라고는 상상조차 해본 적이 없었
다. 꿈에도 상상 못한 치매와 마주 했을 때 내 가족들은 말문
이 막혔다. 친가도 외가도 조상 중에 치매를 앓은 사람은 없
었다. 그래서 아무도 치매 환자를 본 적이 없다.

엄마도 건강을 지키려고 정말 열심히 노력했다. 몸이 아프
면 자식에게 짐이 된다면서. 그래서 노인대학을 10년 넘게 다
니며 영어, 수학, 한자, 서예를 연마하고 동아리 활동까지 열
심히 했다. 또 육체적 건강을 위해 요가 등록을 하고는 빠진
날이 없었다. 아침저녁으로 걷기보다는 달리기를 했다.

또 독거노인을 위한 봉사활동도 열심히 했다. 나는 농담 아
닌 농담처럼 대학에 진학해서 사회복지학 공부를 해보시라고
했다.

엄마는 항상 새로운 도전을 좋아했다. 어느 날인가는 내게 시 쓰기를 가르쳐달라고 졸라서 시 쓰기와 수필 쓰기를 가르쳤다. 엄마를 가르치면서 노인들을 위한 글쓰기 강의로 재능 기부를 하려고 기관들을 찾아다녔다. 그런데 다들 일 벌이는 것을 달가워하지 않았다. 왜 그들은 국가의 녹을 받으면서 정작 일은 안 하려 하는지 화가 났다.

그 당시 나는 주부들을 위한 글쓰기를 도서관에서 10여 년 넘게 무료로 가르치고 있었다. 우리 엄마가 글을 쓰고 싶어 하는 걸 보고 얼마나 많은 노인분들이 글을 쓰고 싶어 할까 싶었다. 하지만 자서전 쓰기나 수필 쓰기를 해보겠다는 내 계획은 무시되었다. 그래서 잠시나마 '지자체 선거라도 나가야 하나?' 생각도 했다. 노인들이 무엇을 필요로 하는지는 관심이 없고 선거 때만 되면 노인들 모이는 곳에 나가서 표를 구걸하는 인간들이 역겨웠기 때문이다.

지금 치매 환자 300만 명 시대가 왔고, 누구나 치매 환자도 되고, 노인이 될 것이다. 이 나라에는 노인 인구가 넘쳐 날 것이다. 실버주택이나 요양원을 돈으로 생각해 복지 재벌을 꿈꾸는 사람들에게 맡겨둘까 걱정이 앞섰다. 그래서 《복지 공화국》이라는 책도 냈다.

나는 우리 엄마처럼 강하지도 못하고 심지어 게으르다. 청소나 설거지도 심지어는 집안일도 엄마나 도우미에게 맡기고 살았다. 엄마는 부지런하고 마음먹으면 망설임이 없었다. 나는 태어나면서부터 미숙아였다. 그래서 몸이 부실한 딸을 위해 내 아들을 엄마가 키워주었고, 내가 하고 싶어 하는 일만 할 수 있도록 강아지까지 보살펴었다.

엄마는 일곱 살 때 외할머니를 여의고 누구에게 투정도 못 부리며 자랐고, 결혼해서는 호된 시집살이까지 했다. 아버지는 노처녀인 나를 시집보내는 게 소원이었다. 그런데 쫓기듯 결혼한 내게 동생과 엄마를 남겨두고 예순도 안 돼 일찍 세상을 뜨셨다. 그렇게 남겨진 남동생 셋을 엄마와 내가 공부시켰다. 엄마는 공부 잘하고 유학까지 다녀온 자식들에 대한 자부심이 대단했다. 그리고 기자 생활과 병행하며 밤새워 글을 쓰는 내 직업을 싫어했다. 그런데 어느 때부터인지 작가인 딸에 대해 자부심을 가졌다. 사실 1983년 〈중앙일보〉 신춘문예 시상식에도 부모님은 오시지 않았다. 조용히 교사 생활이나 하길 바랐는데 글을 쓰겠다는 딸이 마음에 안 들었던 것이다.

엄마는 워낙 내성적이어서 모든 걸 마음속에 담아두었다. 큰 소리 한번 내는 법이 없었다. 친구도 몇 명 되지 않았다. 성격도 조용해서 사람들과 할 일 없이 어울리는 것을 싫어했다. 혼자 책을 읽거나 노인대학에서 배운 것들을 복습하며 지냈다. 그러면서도 우리 집 시찰은 하루에 세 번 이상 꼭 왔다.

연세가 있으셔서 그런지 어제까지 술술 풀었던 방정식이 안 풀린다며 설명해달라고 했다. 나는 수학 선생으로 나서야 했다. 지금 와서 생각해보니 어제 풀었던 문제를 자꾸 잊어버린 것이 연세 때문만이 아니었던 것 같다. 또 가끔 머리가 아프다고 해서 침 맞고 어느 때는 두통약을 드시고 괜찮아졌다.

지금 와서 자책하는 것은 내 일 바쁘다고 엄마를 더 자세히 관찰하지 못해 엄마의 치매를 조금이라도 키웠다는 점이다. 사실 그 당시 엄마는 지하철을 몇 번 갈아타면서 정기적으로 모이는 동창들을 만나러 다녔고, 모여서 여행도 다녀왔다. 누가 봐도 정상이었다.

지금 생각하면 머리 아프고 깜빡깜빡하던 것이 이미 혈관성치매의 시작이었지 않나 싶다. 내가 엄마를 더 자세히 관찰하고 신경 썼더라면 하고 후회한다. 두통이 자주 온다면 나는 병원으로 먼저 달려갈 생각이다.

치매는 가족들의 관심으로 치료시기를 앞당길 수 있다. 요즘은 가족과 함께 살지 않고 혼자 조용히 살겠다고 하는 우리 엄마 같은 분들이 많다. 따로 살지만 매일 만나며 살더라도 나이 들면 자진해서 치매 검사를 받아야 한다. 이런 문제는 가족들의 관심이 있어야 한다.

치료제도 없고 단지 진행을 좀 더 늦출 수 있는 정도의 약이 있다. 그러나 약만으로는 해결이 안 되는 것이 사실이다. 암보다 무서운 것이 치매이다. 암은 수술도 하고 약도 있고 본인만 괴롭지만 치매는 대책이 없다.

겨울의 새벽을 뚫고 경비실에서 인터폰이 왔다.

"잠시 내려와보셔야 할 것 같아요. 따님 집 호수도 생각 안 난다고 하시고, 이사 간 줄 모르시는지 303호 번호키가 안 열린대요."

내가 경비실로 찾아갔을 땐 엄마는 핑크색 밍크 극세사 잠옷에 보라색 패딩 조끼만 입고 떨고 계셨다. 이미 예견했지만 엘리베이터 안에서 엄마의 옷차림을 보자 온몸이 떨렸다.

엄마를 모시고 들어와 따뜻한 차를 만들어드리고, 따뜻한 물로 목욕을 시켰다. 그런 다음 욕조에 거품을 풀어 긴장을 풀어드렸다. 그러는 동안 내 머릿속은 폭탄을 맞은 것 같았다. 시계를 보니 새벽 4시. 동생들이 놀랄까 봐 아침이 올 때까지 기다리는 동안 무섭고 두려웠다. 당시 내 아들은 미국에서 공부 중이었고, 남편도 사업상 베트남에 있어 집에는 강아지와 나뿐이었다.

그나마 큰동생이 가까이 살고 있어 아침 일찍 달려왔다. 그리고 바로 이대 목동병원에 가서 뇌 사진을 촬영한 결과 혈관성치매가 5% 진행된 상태였다.

이미 짐작은 했지만 머릿속이 하얗게 멈췄다. 엄마는 나보다 더 건강했고, 건강하게 수명을 다하실 줄 알았다.

"엄마 약 챙기기도 그렇고 나랑 같이 사는 거 어때요?"

"싫어. 내 집 두고 왜 내가 너랑 살아?"

엄마는 혼자 살기를 고집했다. 엄마는 오직 큰아들밖에 몰랐지만 항상 내가 곁에 있어야 했다. 내 가까이 살아야 한다고 생각하시는 분이었다. 또한 항상 대학병원 가까이 살아야 한다는 생각이었다. 엄마를 모시고 전원주택으로 가려고 했을 때도 엄마 말씀은 절대 안 가시겠다고 했다.

"내가 아프면 네가 운전해 데려가지만, 심장수술까지 한 네가 아프면 난 운전 못하는데 어쩔 거야?"

그래서 그만두었다. 집 가까운 대학병원 가정의학과 윤 교수님이 엄마에게는 엄마 건강을 보살펴줄 최고의 의사고 자식보다 더 좋은 분이었다. 몸이 조금만 안 좋으면 바로 달려가고, 너무 자주 가서 윤 교수님의 시간을 너무 많이 빼앗았다. 엄마는 자신이 믿는 하나님만큼이나 윤 교수님을 믿고 의지했다.

우리 가족은 그분께 항상 고마워했고 찾아가서 죄송하다고 말씀드렸다. 윤 교수님은 워낙 온화하신 분이라 걱정 말라고 했다. 엄마가 우리들과 나누지 못하는 고민도 교수님과 나누셨다는 걸 알게 됐다. 그런데 교수님이 다른 곳으로 멀리 가게 되자 엄마는 한동안 나라를 잃은 것처럼 실망했다. 아마도 윤 교수님이 계속 계셨다면 치매도 안 왔을 것이고, 왔더라도 더 빨리 발견하지 않았을까? 그런 부질없는 생각도 했다.

엄마를 보면서 나이 들면 나를 가장 잘 알고 오래 지켜봐줄 의사가 있어야겠다는 생각을 했다. 그런 면에서 난 행복하다. 30년 가까이 내 건강을 살펴준 여러 분야의 의사가 있으므로.

치매의 조기 발견은 무엇보다 중요하다. 일상생활에 지장이 없어도 치매 판정을 받으면 환자가 스스로 약을 제때 잘 챙겨 먹을 것으로 믿어서는 안 된다. 내가 엄마를 모시면서 후회했던 것도 이 문제다. 어떤 약은 아침약을 두 번 먹거나 저녁약을 안 먹어 아침약과 저녁약 통을 만들었다. 그리고 날짜를 적어두었지만 소용이 없었다.

그리고 노인들은 절대 충격을 받지 말아야 한다는 점이다. 엄마는 잘나가던 동생들의 사업이 부도나자 엄청난 충격을 받았다. 게다가 동생들과 돈 문제가 얽혀 있는 나와 동생들 사이에 불화가 생겼고, 내 편을 들면서 엄마의 스트레스는 점점 커져갔다. 평소 혈압이 높았던 엄마의 혈관이 문제를 일으켰을 것이다. 그래서 나는 모든 것을 내려놓고 많아도 너무 많은 주변 인물들을 정리해버렸다. 주변에 사람이 많으면 상담도 해줘야 하고 여러 가지 고민거리가 생기므로 생활을 단순화하는 중이다. 나는 엄마와 같은 치매는 절대 피하고 싶다.

치매는 지병과도 관련 있겠지만 스트레스와도 무관하지 않다는 생각이다. 저명인사들의 치매 사례를 살펴봐도 육체 관리는 잘했지만 치매로 고생하다 가신 분들이 많다.

나이가 들수록 건강 관리와 운동, 정신건강을 잘 관리해야 된다고 믿고 있다. 나에게는 절대 치매 같은 건 찾아오지 않는다고, 그 누구도 자신할 수 없을 것이다.

3

⋮

미국행 고집

어느 날 갑자기 엄마는 영어로 질문하고 대답하자고 했다. 기본적인 것을 묻고 대답하기를 한 달쯤 했을 때 엄마가 들뜬 목소리로 말했다.

"나, 미국 갈 거다. 막내도 보고 싶고 손자손녀도 보고 싶어."

"누가 엄마 오래? 바쁘게 사는 애들 부담돼. 언제 내가 모시고 갈게."

"아니, 나 갈 거야. 막내가 오라고 했어. 그리고 비행기표도 사놨대. 둘째가 남미 출장 갈 때 데려다준댔어."

사실 치매 환자에게 환경이 바뀌는 건 좋지 않다는 것을 알기에 나는 엄마를 보내고 싶지 않았다. 그런데 내게는 만류할 권한이 없었다. 동생들은 엄마의 미국행을 전폭적으로 지지하고 벌써 비행기 표 예매까지 끝낸 상태였다. 당시만 해도 혼자 밥도 빨래도 다 하고, 일상생활에서 치매 환자의 모습은 없었다.

이미 출발 준비가 다 된 엄마를 보내면서 한편으로는 마음이 편치 않았다.

"엄마 다시 한 번 생각해봐요. 난 안 가셨으면 좋겠어요."

"가지 말까?"

"나랑 있는 게 좋다면서 왜 미국에 가려고 해요? 거기는 한국인도 별로 없는 도시고, 애들 학교 가고 아들 부부도 일하러 나가니 심심하고, 밖에 나가서 길 못 찾으면 말도 안 통하고 한국 경찰처럼 집 안 찾아줘요."

"그럼 가지 말아야겠다."

이런 대화를 하고 나면 한동안은 미국 간다는 얘기가 없었다. 엄마가 가시려고 하는 피닉스는 덥고 사막에 둘러싸인 도시여서 폐 수술을 한 엄마에게는 참으로 안 좋은 환경이었다.

한동안 엄마가 미국행을 포기했다고 생각했다. 그런데 미국 가겠다는 말씀이 더 잦아졌다. 내리사랑이라는 말도 있고, 미국에서 동생이 공부할 때도 내 아들이 공부할 때도 "내가 가서 밥해주고 있으면 어떨까?" 하고 이야기하곤 했다. 그런데 이민 후 떨어져 살게 된 막내아들이 많이 보고 싶으셨을 것이다.

사실 큰동생부터 막냇동생, 내 아들까지 유학 중에는 건강 걱정만 하고 방학을 기다리는 게 전부였다. 이렇게 강경하게 보고 싶으니 가겠다는 말씀은 없으셨다. 다만 마음에 담아두었다.

엄마의 관심을 돌리기 위해 시 외곽으로 드라이브도 나갔다. 평소 좋아하던 맛집을 찾아다니며 계속 세뇌교육을 시켰다. 하지만 이후에도 가시겠다 했다가 안 가시겠다 했다가 수십 번을 반복했다.

시간이 지나 생각해보니 치매 환자는 자신이 가겠다고 한 곳, 먹겠다고 한 것은 절대 잊어버리지 않는다. 판단 인식이 될 것이라는 것은 일반인들이나 가족들의 생각일 뿐이었다. 뇌리에 한번 잡힌 생각은 꼭 박혀 있다. 평상시에는 몇 시간 전에 했던 일도 금방 잊어버린다. 가고자 하는 것, 하겠다고 하는 일은 몇날 며칠이 지나도 잊지 않고 있다가 불쑥 튀어나온다. 그래서 치매 가족들은 당황하게 되고 힘든 시간을 보낸다.

나도 엄마가 요양원에 들어가시고 나서 대처 방법을 알게 되었다. 엄마는 자주 어딜 가겠다며 무작정 길을 나서서 문제를 일으켰다. 그런데 요양원 원장은 참으로 잘 대처했다. 엄마가 집에 가겠다고 하면 가시지 말라고, 안 된다고 절대 말하지 않는다. 그래서 엄마는 요양원 원장을 내 편, 나를 위한 사람으로 인식하고 있다.

"할머니, 나가시면 추우니까 옷을 따뜻하게 입어야 해요."

엄마를 단단히 감싸고 원장은 산책로를 걸으면서 왜 가고 싶은지 대화도 하고, 엄마 말에 무작정 편들어주고 걷다 보면 얼마나 더 가야 하냐고 묻는단다. 그러면 아직 세 시간은 더 가야 하는데 좀 서두르자고 하면 다리 아프니까 돌아가자고 한다는 것이다.

엄마가 미국행을 고집했을 때 혼자 가야 한다고 공항으로 모시고 갔다면 하는 생각을 했다. 엄마는 가야겠다, 안 가겠다를 100번 가까이 번복하고 끝내 짐을 꾸렸다. 둘째가 엄마를 모시고 미국을 경유해 남미로 가기로 했다. 공항까지는 큰동생이 모시기로 했다.

엄마를 보내면서 치매가 더 나빠지지 않을까 걱정이었다. 다른 문제는 동생을 믿으니 걱정할 게 없었다.

미국으로 떠날 때 엄마는 소풍 가는 어린아이처럼 들떠 있었다. 그리고 아무 문제 일으키지 않고 비행기 여행을 즐겼다. 그토록 보고 싶어 하는 아들, 며느리, 손자들과 만나 영상통화를 걸어왔다. 엄마는 너무 기분 좋은 모습이어서 내 우려가 기우였다는 생각을 하게 만들었다.

이럴 때는 형제가 여럿이어서 다행이라고 생각하며 마음이 편했지만 한편으로는 마음을 놓을 수 없었다. 어찌됐든 가고 싶은 미국에 엄마는 무사히 안착했다.

4

⋮

미국 동생 집에서 엄마는···

"엄마, 미국 좋아요? 오늘은 뭐 했어요?"

"쇼핑 가서 예쁜 옷도 많이 사고, 맛있는 미국 음식도 먹었어. 둘째랑 막내네 가족 모두 함께 나갔다 왔어."

요즘은 무료통화에 화상통화까지 매일 할 수 있으니 참 좋은 세상이다. 아들이 초등학교 시절 미국 가 있을 때 국제전화요금이 200만 원 가까이 나와 스카이패스 무제한도 써보고, 그래도 매일 보고 싶은데 대화만 했던 데 비하면 감개무량할 정도다.

"야, 너도 여기 올래? 여기는 추수감사절이고 세일도 많고, 곧 크리스마스잖아. 다 함께 보내면 좋겠다."

"안 심심해요, 엄마?"

"나 안 심심해. 내일은 한국인 할머니랑 고스톱 치기로 했어."

"엄마 친구도 사귀었어요?"

"응. 여기서 가까운 곳에 딸이랑 사는 할머니랑 놀아."

"그래서 언제 오실 건데요?"

"나 여기서 살 거야. 여기 좋아."

엄마는 새로운 생활에 아주 즐거워했다. 그곳에 익숙한 듯 가까운 공원으로 산책도 나갔다. 이웃 할머니들과 교류도 하고 내 걱정과는 무관하게 살고 있었다.

우리 가족은 도박이나 화투라고는 모르고 살았다. 할아버지가 가족원들이 지켜야 할 사항으로 장난으로라도 화투 같은 것은 하면 안 된다, 보증 서 달라면 절대 보증 서지 말아야 한다, 돈을 빌려줄 때는 받을 생각 말고 여유 있을 때만 빌려줘라 말씀하셔서 나도 엄마도 화투를 모른다. 그런데 미국에 먼저 가서 살던 할머니가 화투를 가르쳐주어 함께 화투를 쳤다고 했다. 무엇이든 새로운 것을 배우려는 의지가 그곳에서도 발휘된 모양이다. 인지 능력이 괜찮아 고스톱을 배워 이웃 할머니와 놀 수 있다는 데 감사했다.

이렇게 즐겁게만 보내시는 줄 알았다. 그런데 가족들이 잠든 밤늦은 시간에 막냇동생이 전화를 걸어왔다.

"누나, 엄마 샤워하시는 걸 왜 이렇게 싫어하셔? 냄새나는데 혼자 샤워하시면 대충 물만 묻히고 나오네. 엄마는 쓸고 닦고 목욕탕 가시는 게 취미였잖아. 아무래도 내가 계속 씻겨드려야 할 것 같아. 아이 엄마보고 하라고 할 수는 없잖아, 내 엄마인데. 둘째 형은 남미로 들어갔어. 한국 들어갈 때 모시고 간대."

그 뒤로도 엄마는 사막 여행을 했다. 선인장이 나무보다 더 크다고 했다. 집 앞 오렌지나무 가지가 찢어질 것 같아 솎아 주어야겠다고도 했다. 엄마는 평소처럼 즐겁게 생활하는 듯 보였다.

그런데 둘째 동생이 같이 한국으로 가자고 하니 엄마는 가고 싶어지면 갈 거니까 혼자 돌아가라고 했단다. 엄마의 고집을 꺾지 못하고 돌아온 둘째는 제수씨나 막내가 힘들 것 같다고 걱정했다. 그런데 엄마는 아직 어린 손자들이 있어 너무 좋은 것 같았다. 엄마는 내 아들을 키우는 재미로 사셨다는 분이다. 하지만 아들은 어린 시절 유학을 떠나버렸고, 어른이 되었다. 그리고 군대에 가자 엄마는 부대 앞에서 살아야겠다고 했다. 자식들이 모두 짝을 찾아 엄마 곁을 떠나버리자 엄마의 행복 목표가 사라진 것 같았다.

어쩌면 스트레스와 함께 희망, 목표가 없어지면 치매가 찾아오는 게 아닌가 생각한다. 솔직히 나이 들수록 나이에 맞는 취미생활과 일이 필요하다는 것이 내 치매 예방책 중 하나다. 자신은 잊고 오직 자식만을 위해 살아온 엄마 세대에게는 삶의 끈이 끊긴 셈이다.

나이 들었다고 생활 편하게 해주고 용돈만 잘 주면 효도라는 생각은 착각일 뿐이다. 대가족 시대였던 우리 할아버지 할머니 세대는 치매 환자가 많지 않았다. 이유는 어른으로서 할 일이 있고 외롭지 않고 대화 상대가 많아서일 것이다.

엄마는 손자와 놀이터 가는 일까지 즐겁다 했다. 그리고 그곳 미국에서 새로운 일을 벌였다. 동생 집 뒤의 정원에 잔디 대신 시금치가 심기고 들깨 씨가 뿌려지고 대파가 심겼다. 엄마의 텃밭이 된 모양이었다. 한국 할머니에게서 씨앗을 얻어 왔다고 했다. 아들과 물 주고 잡초 뽑고 텃밭일 하는 게 정말 좋은 모양이었다.

어느 날은 친구 집에 다녀오시더니 레몬이 예쁘게 열리더라고, 그곳에서 평생 사실 것처럼 레몬나무를 심자고 졸랐단다. 그 레몬나무는 엄마가 한국으로 돌아온 뒤 두 개의 열매를 맺어 사진으로 보았다.

그렇게 막내아들 집에서 행복한 줄로만 알았는데, 한국 오시기 몇 달 전부터 동생에게서 좋지 않은 소식이 들려오기 시작했다.

"누나, 엄마한테서 냄새가 나서 내가 잘 씻기는데, 침대 시트에 자꾸 소변이 묻어 있어."

"엄마 요실금이 있으셔 약을 드시는데, 한동안 조절되더니 다시 시작된 모양이다. 주무실 때만이라도 팬티형 기저귀를 입혀드려야 해."

내가 걱정했던 엄마의 치매 진행이 생각보다 빠르다는 생각이 들었다. 한국도 아닌 미국 땅으로 환경이 바뀐 것이 요인이라는 생각이다.

이후에 걸려온 동생의 전화는 더 심각했다. 소변만 묻히는 게 아니라 이제는 대변까지 묻힌다는 것이었다. 동생은 혼자서 매일 아침저녁으로 몸을 씻겨드리고 기저귀를 갈아드리지만, 엄마만 보살필 수 있는 처지가 아니어서 많이 힘든 모양이었다.

"그러니까 엄마 한국으로 보내. 내가 엄마 집 1층으로 이사해서 엄마 모실게."

"누나 힘들어서 안 돼. 좋은 요양원 알아봐서 바로 요양원으로 모셔. 내 친구 엄마들도 요양원에 계시는 분 있어. 집에서는 힘들어서 못 모신대."

"엄마하고 요양원 이야기 해봤니? 엄마가 요양원에 대한 인식이 아직 안 좋으시니 힘들 것 같아. 좀 더 자유롭게 집에 사시게 하고, 힘닿는 데까지 모셔볼 거야."

나는 엄마를 요양원에 보내지 않고 함께 생활해보겠다고 했다. 엄마가 오시기 전 살림 짐을 줄이고, 엄마 집 1층으로 먼저 이사해서 엄마를 기다릴 생각이었다.

5
.
.
.

엄마 집으로 내가 이사하다

.

열려 있던 대문 안으로 엄마가 들어오며 나를 보고는 깜짝
놀랐다.

"왜 네가 여기 있어?"

"엄마랑 살려고 짐 다 버리고 이사 왔다고 전화로 얘기했잖
아요."

"열쇠는 어디서 났어?"

"엄마가 열쇠 나한테 다 맡기고 갔잖아요."

"내가 그랬나? 그런데 아파트만 살다가 여기서 어떻게 살려
고?"

"엄마가 우리 집으로 안 오니까 내가 와야지 어떡해요?"

"나 혼자서도 잘 사는데 왜? 네가 오니까 좋기는 하지
만……."

"엄마! 큰 소파랑 큰 식탁, 장식장 같은 큰 물건은 다 버렸

지만, 160년 된 고목탁자는 엄마 응접실에 들여놨고, 그동안 모아온 그림들도 엄마 안 쓰는 방에 들여놨어요."

"아까운 걸 다 버렸어? 그냥 안 쓰는 방에 들여놓지."

"이사 가면 다시 살 거야. 좀 불편하겠지만……."

사실 내가 아끼던 물건은 다시 살 수 있다. 하지만 엄마는 잘못되면 억만금을 주어도 살 수 없기에 망설이지 않고 엄마에게로 왔다.

엄마가 돌아온 뒤 내가 하는 일은 엄마에 대한 관찰과 식사와 약 챙기기였다. 그리고 할 줄도 모르는 청소도 내가 할 일이었다. 그런데 밤이면 엄마가 몰래 집을 빠져나가는 일이 잦았다. 엄마가 밤에 몰래 빠져나가서 하는 일은 빈병을 주워 오는 것이었다. 엄마가 귀국하기 전 청소를 하다가 몰래 감춰진 빈병들을 이불장과 세탁기 안에서 찾아내서 다 내다버렸다. 그런데 누군가가 내다버린 모조 꽃을 주워서 꽃병에 꽂아두거나 이층 계단 밑에 빈병들을 숨기기 일쑤였다. 나와 동생은 빈병 줍기를 계속하면 생활비도 용돈도 안 주겠다고 협박했다. 그때마다 엄마는 박스 줍는 할머니를 도와주려 한다고 했다.

"엄마도 돈 벌고 싶어 그래요? 애들이 리어커 하나 사주고 생활비랑 용돈 다 끊는다는데, 그렇게 살고 싶어요?"

별의별 협박을 해도 엄마는 내가 잠든 틈에 몰래 집을 나가 빈병을 찾아 헤맸다. 그러면 엄마를 잘 아는 사람들이 전화를 걸어왔다.

"자기네 엄마 영업집 병 모아둔 걸 가져가신대."

너무 놀라 대문 앞으로 나가보니 엄마는 큰 포대를 질질 끌며 개선장군처럼 뿌듯한 표정으로 서 있었다. 대문을 잠그지도 않고 빈병을 찾으러 나간 것이다. 이 기회가 아니면 빈병이 계속 집 안에 쌓일 것 같아 극약 처방을 했다.

"엄마, 빈병 쓰레기 주워오다 남의 걸 도둑질까지 한 거예요? 엄마 아끼는 큰아들 경찰서에 잡혀갔어요. 치매 엄마 관리를 잘못했다고 데려갔고, 나랑 엄마도 경찰서 가야 돼요. 왜 말 안 듣고 죄 없는 자식들을 감옥에 보내요?"

내 말에 엄마가 처음으로 놀라는 것 같았다.

"그럼 큰애가 잡혀갔어? 어떻게 해야 돼?"

"아들딸 다 감옥 보내놓고 엄마는 계속 빈병 주우면 되지요. 우리 말 안 듣더니 이 꼴 돼서 좋아요?"

"그럼 내가 어떻게 해야 되니?"

엄마는 곧 울음이 터질 것 같았다.

마침 엄마가 빈병을 가져온 주점은 내가 아는 곳이어서 먼저 전화로 사과를 했다. 처음이 아니라는 말도 들었다.

"엄마가 빈병 가져온 집에 직접 가져다주고 다시는 그러지 않겠다고 사과하고 빌고 와요. 절대로 아들 안 풀어준다니까 난 계속 빌어볼게요."

엄마는 바짝 긴장되고 어두운 얼굴로 다시 빈병 포대를 끌고 나갔다.

주점이 집에서 멀지 않은 거리에 있어 혼자 가시게 하고 다시 주점 사장에게 전화를 걸었다. 다시는 빈병 주우러 다니지 않겠다고 다짐을 받고, 엄마 큰아들 풀어준다고 말해달라고 했다. 이미 주변에서는 엄마의 치매를 알고 있는 터라 알았다고 했다.

전화를 하고 얼마 안 돼 엄마가 환한 얼굴로 돌아왔다.

"큰애 경찰서에서 금방 풀어준대. 음료수도 주고 다시는 그러지 말라고 했어. 너 아는 사람이라며? 잘 대해주더라. 나 다시는 병 안 주울 거야."

엄마는 놀란 가슴을 쓸어내렸다. 그 뒤로 엄마의 병 줍는 버릇은 사라졌다. 그런데 이번에는 구청에서 심어둔 꽃을 뽑아 오거나 쓸모없는 풀잎들을 뜯어다 모았다.

그동안은 엄마를 위해 두 시간 이상 걸리는 곳에 농장을 만들었다. 먹거리를 심고 가꾸는 일을 취미로 할 수 있게 20여 년간 온 가족이 도왔다. 그래서 엄마는 무엇이든 키우고 가꾸기를 했다. 하지만 지금은 할 수 없어 옥상 정원을 만들고 엄마가 심고 싶어 하는 것들을 함께 심었다. 치매 환자에게 원예치료가 도움이 된다는 것을 알기에 하루도 늦출 수 없었다.

나 역시 단 한 번도 살아보지 않은 주택에 와서 사는 게 여간 스트레스가 아니었다. 꼭 필요한 물건 외에는 다 버리고 왔어도 중요한 짐을 쌓아두니 이만저만 불편한 게 아니었다.

이사 올 때 다 버려야 했던 40여 개의 크고 작은 화분이 사라져 내 삶은 삭막했다. 그래서 엄마를 위해서도 나를 위해서도 옥상 정원은 숨통이 트이는 공간이었다. 옥상 정원에는 내가 좋아하는 꽃보다 엄마가 원하는 작물을 심었다. 상추와 고추, 오이, 호박, 토마토를 심었다. 또 내가 심고 싶어 하던 샐러드용 양상추도 심었다.

엄마 집으로 이사한 뒤 엄마는 자주 사라졌다. 엄마를 찾아다니는 일이 반복되다 보니 한시도 집을 비울 수 없었다. 내 신경 안테나는 늘 이층 엄마에게 향해 있었다. 정신적으로 피곤하고 늘 신경 써야 하는 상태로 지낸 탓에 우울감과 수면장애가 매일 계속되었다.

또 지인들이 집 근처로 찾아와 커피 한잔하자며 나오라고 해도 못 나갔다. 그러다 보니 세상에서 소외된 기분이었다. 그렇게 집 안에서 24시간 내내 엄마를 지키느라 철창 없는 감옥살이가 시작되었다. 게다가 나는 삼시 세끼 밥을 먹어본 적도 없다. 내가 엄마 건강과 약 드시는 걸 도와야 했기 때문에 막상 내 끼니는 제대로 챙기지 못하는 날이 하루 이틀이 아니었다. 엄마의 식생활은 완전히 변해 있었다. 채식주의자에 생선도 안 먹던 엄마는 육식형으로 변했다. 과일을 좋아하긴 했지만 본인 입맛에 맞는 과일은 하루 종일 다 먹어버렸다.

그렇게 지쳐가던 내게 빛이 찾아왔다. 하루 세 시간씩 엄마를 돌봐줄 요양보호사가 월요일부터 금요일까지 오게 된다고 했다. 덕분에 아침 세 시간은 마음 놓고 잠을 잘 수 있었다.

　그렇게 지치고 몸져누울 때쯤 또 하나의 반가운 소식이 들려왔다. 고모의 하나뿐인 며느리가 며칠 편히 쉬라며 엄마를 일주일간 모시겠다고 한 것이다. 올케언니는 요양보호사 자격증도 있고 구순이 넘은 고모를 모시는 처지다. 나는 마음 놓고 엄마에게 필요한 짐을 쌌고, 큰동생이 엄마를 금호동 고모 집에 모셔갔다.

　올케언니 덕분에 한의원 치료도 마음 놓고 받았다. 일주일은 제대로 쉴 수 있었다. 힘든 상황에서 누군가가 잠시 손을 내밀어준다면 정말 행복한 일이다. '이럴 때 잠시 돌봐줄 며느리나 자매가 있다면 얼마나 좋을까?' 그런 생각을 하며 한숨을 쉬곤 했다.

　아들 셋에 딸 하나인 나는 기대할 수 없는 일이다. 둘째와 막내는 외국에 살고, 큰며느리는 직장 생활을 하는 터라 내가 기댈 곳은 어디에도 없었다. 완전한 외톨이가 된 서러움이 순간순간 몰려와 눈물 마를 날이 없었다.

6

. . . . .

엄마 기도원에 가다

엄마가 고모 집에서 하룻밤을 묵고 난 뒤 올케언니에게서
전화가 왔다.

"엄마 치매가 착한 치매인 것 같아. 어제 어머님이랑 옛이
야기 나누시다 잠드셨고, 잠자리에서 실례한 것 빼고는 잘 계
셨어."

엄마와 고모는 평생을 친자매처럼 지내왔다. 아버지와 고모
단 두 분뿐이어서 아버지가 돌아가신 뒤로는 더 가까이 지냈
다. 고모는 하나밖에 없던 동생의 죽음 뒤로 엄마에 대한 안
쓰러움이 더해진 모양이다.

두 분은 매일 한두 시간씩 통화를 할 만큼 서로를 간절히
원했다. 그런 고모와 같이 있다는 것만으로도 엄마는 행복해
했다. 그리고 가끔 고모와 함께하는 식사자리를 만들면 서로
챙기느라 바빴다. 특히 고모는 치매인 엄마의 옆자리에 보호

자처럼 앉아 음식을 챙겼다. 항상 엄마의 옆자리는 고모의 자리였다.

엄마는 고모를 만나면 어리광을 부리기도 하고 무척 의지했다.

"엄마, 고모랑 지내서 좋아요?"

고모 집으로 가고도 불안해 전화를 걸었다.

"다 좋은데 고기반찬을 안 해줘."

"엄마, 언니네는 평생 채식주의자야. 언니가 고기하고 생선은 냄새도 못 맡잖아요."

그랬다. 올케언니는 육식은 물론 생선 냄새도 싫어했다. 내가 대학 시절 잠시 올케언니 집에서 지낼 때도 언니는 야채, 두부 등으로도 맛있는 식탁을 차렸다. 올케언니와 살면서 나는 누구도 가르쳐주지 않는 밥하는 것도 배웠다. 음식 만드는 일, 세상 사는 방법도 배웠다.

내게 올케언니는 친언니나 다름없었다. 오죽하면 아파트 아줌마들이 놀러 오면 "형부는 출근 하셨어?" 하고 물었다.

내게 올케언니는 진정 큰언니였다. 올케언니에게는 배울 점도 많았다. 60이 넘은 나이에도 요양보호사 자격증을 따고 영어 학원을 다닌다. 지금은 신학 대학생이다. 나처럼 게으른 사람은 따라갈 수 없는 부지런함이 있었고, 끊임없이 노력하면서도 빈틈이 없었다. 무엇 하나 소홀히 하지 않았다.

그래서 마음 놓고 지내던 중 엄마에게 전화를 했는데 통화가 안 됐다. 할 수 없이 올케언니에게 전화를 걸었다.

"응. 여기 오사리 기도원이야. 둘째 동서랑 어머님이랑 숙모님 모시고 왔어. 삼촌(내 큰동생)이 여기까지 데려다줬어. 내가 약도 잘 챙기고 어머님이랑 동서가 있으니까 걱정하지 마. 여기서 2박 3일 보내고 갈 거야."

나는 기도원이 어떤 곳인지 모른다. 나는 성당에 다니고 엄마는 교회에 다녔다. 그래서 엄마가 기도원에 가는 것은 문제가 없으리라 믿었다.

큰올케는 다음 날도 전화를 해 엄마가 안수 받고 많이 좋아지셨다고 했다. 교회나 기도원이나 같은 곳이라고 생각했던 나는 엄마가 심적으로 정신적으로 많이 안정을 찾았을 것으로 믿었다. 나와 상의도 않고 동생이 기도원까지 모셔다드렸다는 것이 좀 언짢았지만 잘 지내신다는 말에 안도했다.

내 지론은 치매 환자가 환경이 바뀌는 것을 경계해야 한다는 것이다. 그런데 엄마가 집으로 돌아온 뒤 심각한 문제가 생겼다. 새벽이면 겨우 잠든 우리 집에 엄마가 불쑥 들어와 깨웠다.

"왜 자고 있어? 식당으로 밥 먹으러 갈 시간인데……."

이런 일이 계속되는 가운데 쿵쿵거려서 올라가보면 여행가방에 옷을 가득 담고 있었다.

"엄마, 이 새벽에 어디 가려고 짐을 싸요?"

"집에 가려고."

"엄마, 여기가 집이에요."

"나 집에 갈 거야."

엄마의 여행 가방에서 옷을 꺼내 다시 옷장에 넣는 일이 3주 이상 이어졌다. 새벽에 식당 가자는 말도 계속됐다. 어떤 날은 새벽에 불쑥 들어와 아무 말도 않고 내 침대 옆에 서 있었다.

"엄마, 안 자고 왜 내려오셨어요?"

"기도하러 갈 시간이잖아."

기도원이라는 공간이 엄마에게 새로운 충격으로 다가온 모양이었다.

그렇게 힘든 상황에 처해 있을 때 요양보호사가 왔다. 내게는 빛 같은 존재였다. 게다가 엄마도 좋아하고 치매 간병이나 치매 환자에 대한 이해도도 높았다.

"선생님! 어머님 여행 가방을 보이지 않게 집으로 가져다 놓으세요."

그 말대로 여행 가방을 치웠더니 이젠 보따리를 싸기 시작했다. 그리고 갑자기 음식에 대한 집착이 생겼다. 매일 고기를 먹으려고 했다. 과일이며 먹을 것을 드시고 싶다고 하면 당장 대령해야 했다. 아들은 그런 할머니를 위해 새벽에 족발을 사오거나 물회까지 사러 다녔다. 갑자기 밤중에 짜장면을 드시겠다고 해서 짜장라면을 끓여 내놓으면 안 먹고 짜장면을 사오라고 했다. 아들은 새벽에도 중화요리를 대령하는 법을 찾아냈다.

그런데 일주일간 먹을 고기를 냉장고에 넣어두면 밤새 굽고, 볶고, 찌개까지 끓여서는 맛없다며 음식물 쓰레기통을 가득 채우기 일쑤였다. 어느 때는 남겨둔 밥을 다 먹고 나서 밥을 하겠다며 압력밥솥에 쌀을 씻어놓았다. 취사 버튼도 누르지 않은 채. 그사이 솥밥을 하겠다며 까맣게 태우는 일이 계속됐다. 그래도 걱정을 덜기 위해 가스 타이머를 해두어 가스 불로 인한 사고는 생기지 않았다. 내 친구들이 엄마 음식을 먹으려고 찾아오던 게 엊그제 같은데, 이젠 밥도 못했다.

이런 일이 계속되자 요양보호사는 엄마 집의 식재료를 우리 집으로 옮기고, 꼭 드실 것만 두자고 했다. 그렇게 되자 커다란 양문 냉장고가 필요 없게 되어 좀 작은 냉장고로 바꿨다. 엄마는 양문 냉장고가 텅 비는 걸 못 견뎌했다. 뭐든 냉장고 안에 가득 있어야 직성이 풀렸다.

그런데 워낙 소식을 했던 분이라 많이 먹지는 않지만 조금씩 밤낮없이 먹었다. 그러다 보니 혈당 조절 문제가 발생했다. 당료 검사를 하고 당뇨약까지 먹게 되니 약이 많아져 약통을 분리해 놓고 시간 맞춰 약을 드렸다. 그런데 혼자 있을 때는 아무 약이나 그냥 먹어서 약통을 감춰놓기도 하고 손이 닿지 않는 곳에 숨기는 게 일상이 되어갔다.

새벽이든 낮이든 엄마는 내 감시망에서 벗어나면 어디론가 외출을 했다. 그러다 보니 나는 항상 잠이 부족하고 생활 리

듬이 완전히 무너졌다. 이를 알게 된 요양보호사는 아침에는 약과 식사를 모두 자기가 챙길 테니 걱정 말고 잠 좀 푹 자라고 배려해주었다.

내게는 이런 시간이 단비 같았다. 나도 엄마도 요양보호사에게 의지했다. 기도원에 다녀온 뒤 변해버렸던 엄마는 제자리를 찾아갔다.

7

．
．
．
．

내 삶이 폐쇄되다

엄마 집으로 오면서 이런저런 것들을 다 버렸다. 차 없이는 외출 못하는 내가 자동차까지 정리했다. 엄마에게만 집중하겠다는 생각에서였다.

그런데 엄마와 생활하다 보니 외출도 불가능했다. 24시간을 엄마 곁에 있어야 했다. 나는 나무에 붙어 날갯짓도 불가능한 매미였다. 이러다가 죽어서 속은 텅 비고 매미 형태만 남아 산산이 부서져버릴 매미 껍데기 처지가 될 것 같았다.

모든 일에서 손을 떼고 집 안에서만 살아야 해 인맥 관리도 외부 활동도 정지되었다. 내가 좋아하는 골프는 상상도 할 수 없었다. 운동이라고는 집에서 가까운 한강을 엄마와 함께 걷는 것이 전부였다.

사람들과의 만남도 외출도 모두 집 안에 갇혀버렸다. 창살 없는 감옥 생활이 시작됐다. 어찌 보면 우리 엄마는 복된 삶이었다. 가족 중 누군가는 치매 환자를 케어해야 한다. 그럴 때 누가 모실 것인가, 비용은 어떻게 해결하느냐의 문제로 가족들의 갈등이 심각하다. 특히 경제적 문제로 일을 놓을 수 없을 경우 치매 환자만 피해를 입게 된다.

정부에서 치매를 국가가 책임지겠다고 했지만, 지금 상태로는 별 도움이 안 된다. 치매 가족이 있으면 가족들의 삶과 정신이 피폐해진다. 가족들의 관심 없이 누군가 혼자 감당하기란 불가능하다. 가족 중 책임질 사람이 필요한데, 우리 집의 경우 내가 가장 적합했다. 엄마와 가장 친했고 엄마의 혜택을 가장 많이 받았다. 결혼 후 지금까지 나는 항상 엄마와 함께였다. 우리 집 옆 라인에 살거나 앞쪽 단지에 살았다. 그리고 자식들이 결혼해 모두 떠나자 넓은 아파트가 무섭고 관리비가 많이 나온다며 내 집과 직선거리 30미터쯤으로 이사했다.

사실 딸이 하나밖에 없어 선택의 여지가 없었다. 평소에도 내가 며칠씩 해외출장을 가면 엄마는 몹시 불안해했다. 나는 엄마에게 내가 가장 아끼는 강아지 딸을 맡기고 어디든 갔다. 이제 엄마는 시설에 계셔서 강아지를 맡아줄 수 없다.

아들이 어렸을 때부터 초등학교 5학년까지 엄마가 돌보고 살림도 맡아주었다. 나는 비리를 보면 앞뒤 생각 없이 해결하고 보는 성격이다. 직업 정신 때문이기도 한데, 비리에 눈 못 감는 나를 교장은 못마땅하게 여겼다. 내 아들에게 부당한 행동을 하는 학교장의 비리를 파헤쳐 수십 년간 전통이란 이름으로 이어져온 불합리한 문제를 해결했다. 전사가 되어가는 내게 아부 파 학부모들은 전통을 따르라고 했다. 일이 이쯤 되자 부창부수라 했던가, 남편이 그랬다. 한잔하면서 하고 싶은 말 다 하고 와. 교장 당신은 명예도 퇴직금도 걸려 있지만, 우린 터뜨리고 이 나라 뜨면 된다고 해.

그즈음은 아들이 미국 유학을 정말 가고 싶어 할 때라 이민 가방 하나 챙겨서 혼자 텍사스로 방목해버렸다. 꼴불견인 학부모들과 꼴불견 교사들, 못마땅한 이 나라의 입시 위주 교육이 싫었다. 정나미가 떨어졌다. 그래서 나는 대한민국에서 학부모로 살기를 포기했다. 내가 가장 자랑스러워하는 건 아들이다. 난 100점 학부모는 못 돼도 100점 엄마라고 자부한다. 자기 주도적 학습을 하며 넓은 미국 땅에 홀로 방목해 정신도 몸도 누구보다 성숙한 멋진 내 아들.

이 또한 엄마가 내 곁에 있어 가능했다. 나는 아들이 미국으로 떠날 때 걱정이나 서운함도 없이 "자유다!" 하고 외쳤다. 그런데 공항에서 울음이 터진 엄마는 집에 올 때까지 울었다. 나를 보고 독하다고 하면서.

엄마와의 이런저런 추억은 거의가 내 아들과의 사이에서 생겼다.

"할머니, 노인대학 언제 졸업해요? 나랑 같은 대학 가서 할머니 내 차 타고 다니실래요?"

아들은 유머도 있고, 할머니를 자기 인생에서 떼려야 뗄 수 없다고도 했다. 숨통이 막혀 올 때면 이런 에피소드들을 꺼내며 마음을 추스르곤 했다. 엄마도 이런 얘기를 꺼내면 무척 즐거워했다.

사람들은 아들이 셋이나 있는데 왜 딸이 나섰느냐고 했다. 그때마다 내 엄마를 내가 맡아야지 누구에게 맡기냐며 셀프 효도 시대라고 너스레를 떨었다. 요즈음은 엄마에게 딸이 더 편하다는 생각이다. 아들 하나밖에 없는 나를 엄마가 걱정한 이유를 알 것 같다. 엄마가 아프다고 아들 며느리에게 돌보라고 하는 게 며느리들에게 얼마나 큰 고통일까 싶다.

내가 엄마 집으로 들어오면서 생각했던 것은 3년 정도였다. 엄마가 살아 계실 때 내가 모셔야 나중에 후회가 없을 것 같았다. 대개 부모님이 돌아가시면 후회하고 울고불고한다. 돌아가신 다음에 우는 것이 무슨 소용이 있을까 싶었다.

그런데 사람인지라 갇혀 살며 내 삶을 멈췄을 땐 내게 너무 화가 났던 적이 많다는 것을 고백한다. 누군가가 차 한잔하자, 밥 한 끼 먹자 해도 밖에 나갈 수 없으니 아쉬운 사람이 집으로 찾아오라고 했다. 사람들과의 소통이 어렵고 잠시도 집을 비울 상황이 되지 못하니 숨이 막혀 죽을 것만 같았다.

내 갇혀버린 삶은 정신까지 피폐하게 만들었다. 그럴 때마다 엄마를 모시고 옥상으로 올라가 식물을 가꾸는 게 유일하게 숨통 트이는 일이었다. 비 오는 날엔 음악 크게 틀고 자유로나 올림픽대로를 내달리며 스트레스를 풀던 나였다. 비 오는 날의 빗소리는 그런 나를 견딜 수 없게 만들었다.

그런 날이면 골프채를 하나 뽑아 들고 옥상에 올라가 비를 맞으며 미친 듯이 골프채를 휘둘렀다. 비 오는 날에는 아무도 날 볼 수 없으니 골프채도 맘껏 휘두르고, 복받쳐 오르는 눈물도 꾸역꾸역 삼킬 필요가 없었다. 소리 내어 울어볼 수도 있었다. 누가 봤다면 미친 사람인 줄 알았을 것이다.

이런 날이 늘어갈수록 내 정신은 죽어갔다. 심지어는 다시 심장마비가 오는 줄 알 만큼 가슴이 떨리고 숨이 멎을 것 같았다. 내가 살아 있다는 것을 실감할 수 없었다. 우울증이 깊어져가고 불면증의 나날이 이어졌다.

내가 나를 컨트롤할 수 없게 변해갔다. 정신력도 강하고 인상까지 강해 보인다는 평을 듣던 내가 그토록 무너질 수 있다는 게 나를 더 화나게 했다. 감정도 어느 때는 조울증 증상을 보이다가 우울증 증상을 보였다. 정신 컨트롤이 안 됐다. 치매 엄마 옆에서 내 정신이 이렇게 컨트롤 안 된다면 심각한 문제였다. 나는 야생 생활에 익숙하다가 어느 날 갑자기 우리에 갇힌 동물 같았다.

체력도 급격히 떨어져 이층 엄마네 집을 오르내릴 때 휘청하며 굴러떨어지기 일쑤였다. 그리고 아무것도 하고 싶지 않았다. 모든 것을 던져버린 채 그냥 사라지고 싶었다.

그러는 동안에도 큰동생은 항상 엄마의 병원 약을 타 오고 엄마와 내가 먹을 것들을 사다 날랐다. 동생은 어려서부터 부모님이 조부모님께 하던 모습을 보며 자라서인지 엄마를 직접 모시지는 못해도 큰아들로서 최선을 다했다. 사실 동생들은 아버지가 돌아가신 뒤로는 생일이든 어버이날이든 엄마와 나를 똑같이 챙겨주었었다.

내 체력이 거의 바닥을 보일 때 큰동생은 엄마와 나를 용하다는 한의원으로 데려갔다. 그런데 진료실에 들어간 엄마가 그만 대변을 쏟고 말았다. 당황스러웠다. 엄마를 화장실로 모시고 가서 씻기고 진료실도 닦아내야 했다. 그리고 가방에 넣어 간 여분의 기저귀를 입히고 엄마를 화장실에 앉혀둔 채 근처 쇼핑몰로 내달렸다. 나는 반바지 하나를 사서는 헐떡이며 달려왔다. 그렇게 한바탕 난리를 치른 뒤 침도 맞고 엄마와 내 보약 한제씩을 맞추고 돌아왔다.

며칠 뒤 한약이 배달되었다. 그러나 내가 항상 다니던 한의원이 아니어서인지 내 몸에는 큰 변화가 없었다. 갇혀 지내는 동안 나는 시간도 날짜도 잊고 지냈다. 정신적 혼란이 계속되다 보니 자꾸 극단적인 생각이 들었다.

나는 엄마의 치매가 시작되기 몇 년 전에 농장에서 말벌에게 여러 방을 쏘였다. 119 응급차에 실려가 응급실에서 이틀만에 깨어났다. 그리고 두 달 뒤 급성 심근경색이 찾아와 응급실도 못 들른 채 곧장 수술실로 들어갔다. 그래서 가까스로 목숨을 건질 수 있었다. 그 뒤 내 몸은 정상이라고 할 수 없는 상태였다. 나도 환자인데 치매 엄마를 돌봐야 하는 운명이었다.

몸도 마음도 피폐해진 상태에서 내가 선택할 수 있는 길은 하루라도 빨리 신경정신과 치료를 받는 것이라는 생각이 들었다. 평소 나는 우울증을 정신의 감기라고 생각했다. 현대인은 신경정신과를 내과나 이비인후과 가듯 자연스럽게 갈 수 있는데 왜 색안경 끼는 사람들을 의식하는가!

이런 소신으로 살아온 내가 이런저런 사정으로 병원 가기를 미루던 어느 새벽. 갑자기 심장이 요동치더니 숨 쉬기가 어려운 상태가 되었다. 밤을 꼬박 새우고 병원 문 열리기를 기다려 평소 눈여겨보았던 집 근처의 신경정신과로 달려갔다. 지금 생각해보니 내 심장을 시술한 병원으로 가지 않고 왜 신경정신과로 달려갔는지 신기하다.

신경정신과에서는 공황장애와 조울증과 우울증이 있다며 약과 수면유도제를 처방해주었다. 병원약을 먹으니 심장도 안정을 찾아갔다. 명의를 만난 기분이었다. 아마도 내가 수술받은 대학병원에 갔더라면 예약 없이 갔으니 이런저런 검사에 엄청난 기다림의 고통이 있었을 것이다. 병원 원장을 하는 선후배 친구들이 나를 돌팔이 의사라 놀린 것이 맞는 말이었나 보다. 그래, 난 돌팔이로 살 거다. 이 나이에 공부해서 어느 세월에 의사 면허를 따겠는가! 타인에게 의료 행위를 하는 것도 아닌데 뭐 어쩌라고! 나 아플 때 어떤 병원을 찾아갈지만 아는 것도 다행이지, 뭐.

그렇게 말하기는 해도 책꽂이에 꽂힌 책 중 언제든 자주 꺼내 보는 것이 의학 서적이다. 특히 엄마의 치매에 도움이 되는 것들을 검색하고, 유명한 정신과 의사들에게는 이제 안부 인사가 아니라 엄마 문제로 전화를 걸었다.

선배들은 얼마나 귀찮았을까? 바쁜 분들에게 너무 폐를 끼친 것 같아 죄송하다. 지금 이 글을 쓰면서도 나 급하다고 전화부터 걸고 보는 나 자신이 부끄럽다.

8

......

엄마 치매에 필요한 나의 시간표

엄마와 두서없이 이것저것 해보았지만 만족스럽지 않았다. 뭔가 어수선한 느낌이었다. 체계적으로 보호해주는 데이케어 센터란 곳이 있어 신청했지만 1년이 흘러도 대기 상태였다. 장기적으로 이렇게 사는 것은 엄마에게도 도움이 안 되고 난 피곤하기만 했다.

이럴 때 필요한 것은 매일 꾸준히 계속할 수 있는 엄마와 나의 시간표였다.

첫째는 나의 수면 시간이었다. 비록 수면유도제를 먹어야 하지만 아침 5시쯤 약을 먹고 잠들어 낮 12시까지는 잠을 자자고 생각했다. 요양보호사가 동의해주어 잘 시간이 생겼다. 게다가 엄마는 새벽에나 잠들기 때문에 그 시간에 엄마가 밖에 나갈 염려는 없었다.

둘째는 내가 해오던 인지 공부와 운동도 요양보호사가 맡아주었다. 영어 블록으로 노래하며 알파벳을 맞춰가는 것이 이상행동의 하나다. 다른 교구는 구하려 했는데 구하지 못했다. 여기에 추가되는 것은 가장 쉬운 단어들, 즉 바나나, 자동차, 컵 같은 짧은 단어를 기억해내 알파벳 퍼즐로 맞추는 것이었다. 그리고 또 하나는 엄마가 좋아했던 수학 공부였다. 매일 구구단을 쓰고, 더하기와 빼기를 했다. 그리고 기분이 좋고 정신이 맑은 날엔 가끔 방정식도 추가했다. 그리고 스티커를 붙이고 사물에 대해 쓰기를 했다. 또 그림을 그리고 색칠 공부를 할 수 있게 했다.

셋째는 운동이었다. 치매 환자는 활동량이 줄어들므로 운동이 필수다. 처음에는 360도 돌아가는 발판 운동기구로 벽을 잡고 할 수 있는 운동 그리고 의자에 앉아 다리 올리기 50~100개를 했다. 맨 마지막으로는 한강으로 산책을 나가서 걸으며 한강을 볼 수 있게 했다.

다행히 요양보호사는 이런 귀찮은 시간에 대한 불만 없이 하루도 빠짐없이 와주었다. 한강에 나가면 큰 소리로 함께 노래 부르기를 한다고 했다. 나는 요양보호사에게 친언니 이상으로 의지했고, 우리 가족은 모두 깊이 감사했다.

요양보호사가 돌아가고 나면 나는 엄마가 먹을 음식을 만들었다. 엄마는 한 끼 먹은 음식은 절대 안 드셨는데, 그나마 매일 드시는 것은 물김치였다. 엄마의 물김치는 엄마만을 위해 만들어졌다. 한 번에 두세 통을 담가도 얼마 지나지 않아

새로 담가야 했다. 엄마의 물김치를 담그는 날은 우리 강아지가 좋아해서 꼭 제일 먼저 간을 보았다. 할머니의 기미 상궁 강아지 모리는 할머니의 입맛을 아는 것 같았다. 면역력이 떨어져 자꾸 입병이 나면서 엄마는 매운 음식을 싫어했다. 그래서 물김치는 고춧가루 대신 빨간 피망을 믹서에 갈아 사용했고, 내용물은 계절 야채들로 바꾸었다.

음식을 만들고 나면 엄마를 모시고 옥상에 올라가 얘기도 나누고 잡초도 뽑았다. 엄마는 먹고 싶은 고추나 상추를 땄는데, 그때그때 채소 메뉴도 달랐다. 그런데 어떨 때는 뜯어다 놓고는 먹고 싶지 않다며 음식물 쓰레기통에 넣어버렸다.

옥상에서 내려오면 오후 운동을 했다. 저녁 먹기 전에는 혈압을 재서 메모하고 혈당도 재서 그 기록을 의사와 공유했다. 식후 혈압과 혈당 체크는 요양보호사가 맡아주었다.

그렇게 안정된 시간표대로 흘러가던 어느 날, 요양보호사가 동유럽 여행을 떠나게 되었다. 할 수 없이 남은 시간표는 오후로 옮겨 내가 해야만 했다. 새로 온 요양보호사는 어이가 없었다. 자기는 목욕시키는 것은 못하겠단다. 식사 챙겨드리고 청소하고 나면 시간이 끝날 거란다. 엄마도 무척 싫어해서 오지 말라고 했다.

다음 날엔 할머니가 오셔서 친구처럼 잘 지내리라 생각했다. 그런데 오자마자 살림살이에 대한 잔소리를 했다.

"오시던 요양보호사가 냄비도 잘 안 닦아서 윤기도 없고 바닥이 까맣기까지 하네요. 내가 시장 가서 양잿물 사다 깨끗이 닦을 테니 돈을 주세요."

"저, 여행 가신 요양보호사분 엄청 부지런하고 깨끗하게 하세요. 목욕 청소는 기본이고, 이상행동부터 운동까지 다 시켰어요. 냄비 안 닦으셔도 돼요. 위생에 문제 생길 것 같으면 버리고 다시 사면 돼요. 청소하고 살림할 분이 필요했으면 도우미 아줌마를 쓰죠."

이때 '아! 요양보호사 교육과 자격증에 뭔가 문제가 있구나' 생각했다. 모든 요양보호사들에게 해당되는 것은 아니지만, 요양보호사들이 스스로를 파출부로 전락시킨다는 생각이 들었다. 잔소리도 귀찮아서 다음 날은 엄마와 함께 목욕탕을 좀 다녀오라고 했다.

"세신사에게 엄마는 맡기시고 맛있는 음료도 사서 드세요."

할머니 요양보호사가 힘들까 봐 목욕 비용과 나머지 비용도 넉넉히 드렸다. 엄마는 매일 목욕을 하지만 뜨거운 탕에도 들어가고 사우나도 할 수 있어 좋을 듯했다. 그런데 이제는 귀찮아서 목욕탕에도 안 가겠다고 한다. 게다가 할머니 요양보호사의 행동이 무척 기분 나빴다. 엄마를 모시고 가서 뭘 먹었고, 비용이 얼마 들었는지 정도의 기본적인 이야기는 해 줄 줄 알았다. 사실 돈이 남았더라도 그냥 팁으로 드렸을 텐데 다음 날에도 아무 얘기가 없었다. 사우나 비용을 뻔히 아는 난 좀 어이가 없었다. 하지만 다시 안 볼 사람이니 더 이상

입을 열지 않았다.

　요양보호사를 보내주는 센터장에게 더 이상 보내지 말아달라고 했다. 내가 곁에 붙어서 말을 해줘야 하니 차라리 내가 하는 게 덜 피곤할 것 같았다. 그때부터 요양보호사를 관리하는 센터에 관심을 갖게 됐다. 우리 구만 해도 센터가 10여 개가 있는데, 파출부를 보내주는 곳과 뭐가 다른가 하는 생각이 들었다. 모든 센터가 그렇지는 않지만, 센터는 요양보호사의 교육이나 제대로 된 관리 없이 지정만 받으면 잘 굴러가는 작은 복지공화국 같았다.

　센터는 최전선에서 요양보호사의 교육과 인권, 이익 추구, 복지를 최대화 할 수 있어야 한다. 그래야 요양 보호를 받는 가족과 요양보호사가 함께 행복할 수 있다. 나는 요양보호사 센터는 개인이 할 것이 아니라 공기업처럼 국가가 하고 일원화된 원칙과 관리가 필수라고 생각한다.

　매일 10여 분에 한 명씩 치매 인구가 늘어나는데, 그 시간은 더 앞당겨지고 있다. 국가가 미리 준비되지 않으면 감당 안 될 만큼 늘어나 이 나라의 뇌관으로 작용될 수 있으니 고민이 아닐 수 없다.

　엄마가 치매 환자가 되기 전에도 나는 치매와 실버주택 문제에 관심이 많았다. 그런데 치매 환자를 케어하면서 생각은 더 깊어졌다. 요즘은 치매 가정만 눈에 들어온다.

　엄마 주변 독거노인의 경우 치매 환자를 자식들이 돌볼 수 없는 상황이다. 이들 중 아들은 해외로 돈을 벌러 가고 손자 손녀는 며느리와 산다. 주택 지하에 혼자 사는 할머니는 적십자사에서 배달해주는 한 끼의 도시락에 의지해 산다. 그래서 엄마의 싱글 침대며 커튼, 엄마의 깨끗한 옷도 나눠주었다. 그리고 엄마 생각이 나서 틈틈이 과일이며 음식이며 국을 만들어 갔다.

그런데 어느 날 요양보호사가 보이지 않았다. 알고 보니 자매들이 할머니의 노령연금까지 관리하고 보호자로 돼 있었다. 그들은 1년 가까이 할머니를 보살핀 요양보호사가 휴가를 다녀오자 이제 그만 오라고 했단다. 내게도 음식을 해오거나 드나들지 말라고 했다. 그래서 이제 음식을 드릴 수 없다. 만약 무슨 일이 생기면 내게 책임지라고 하고도 남을 사람들 같았다. 그러다 보니 보살핌을 전혀 못 받는 할머니가 가장 큰 피해자다. 안타까운 일이다.

또 한 집은 경제적인 문제로 치매 환자를 혼자 둔다고 한다. 집안 형편상 부부가 모두 일을 해야 해서 오히려 어린아이들이 할머니의 보살핌을 받는다. 이런 모습을 보면 마음이 아프다. 정부에서 형편이 어려운 보호자에게 최소한의 경제 지원을 해주면 어떨까? 보호자 중 누군가가 요양보호사 자격증을 따도록 하고, 요양보호사 비용으로 경제적 도움을 주면 좋겠다. 내 바람일 뿐이지만……. 나는 이것이 치매복지이고 치매 국가책임제라고 생각한다.

엄마를 모시는 동안 내 몸이 더 나빠져서 지역의 치매 노인 돌봄센터를 찾았다. 하루에 몇 시간만이라도 맡아줄 곳이 있다니 감사한 일이었다. 그런데 정원이 다 차서 언제 차례가 돌아올지 모른다고 했다. 뿐만 아니라 엄마가 그곳에서 적응하리라는 보장도 없었다. 본래 사람들과 어울리는 것을 싫어하는 데다 돌봄센터의 프로그램이 스트레스일 수도 있을 것이다. 환경이 바뀌면 늘 그랬듯 엄마가 더 나빠질 수도 있었다.

12개월을 기다려도 돌봄센터의 자리가 나지 않아 나는 미련 없이 포기했다. 단지 내가 만든 시간표대로 지루하지 않게 해드리기로 했다. 물론 엄마의 건강이 최고의 목표였다.

9

내 엄마는 내 엄마가 아니다

치매를 모르는 대부분의 사람들은 치매가 하루 종일 지속되는 줄 안다. 그렇지 않다. 치매 환자라고 정신이 맑은 시간이 아주 없는 건 아니다. 다만 정신에 문제가 있는 사람들이 가끔 비 오면 발작을 하듯 치매 환자로 돌아가 발작을 한다. 치매 상태가 오는 것을 체크해봐도 오는 시간이 일정하지 않고 패턴도 들쑥날쑥 예측 불가였다.

치매 상태가 오면 엄마는 내 엄마가 아니라 전혀 다른 인격으로 변했다. 그런 발작이 언제 올지 모르는 게 더 불안했다. 치매 발작이 오는 시간만이라도 알 수 있으면 좋을 것 같다. 그 시간이 언제 올지 어떤 모양새로 올지 몰라 정말 대책이 없다.

지켜본 결과 날씨가 흐리거나 습도가 높을 때 상태가 심해졌다. 행동도 거칠어지고 심지어 단 한 번도 들어보지 못한

욕도 했다. 워낙 점잖고 조용하던 엄마는 귀신에 영혼을 빼앗겨 행동하는 것 같았다. 밤에 냉장고를 열고 마구 먹었고 밥솥도 열어놓았다. 내가 이층에 올라가 정리를 하면 욕을 하거나 죽이겠다고까지 했다.

밤에 잠을 자면 좀 괜찮을까 싶었다. 잠을 못 자는 엄마를 위해 수면제를 처방받아 사용했다. 그런데 수면제가 엄마에게는 독이 되고 말았다. 대부분의 사람들은 수면제를 먹으면 졸려서 잔다. 그런데 엄마는 오히려 치매 발작이 심해져 술 취한 사람처럼 온 집 안을 비틀거리며 돌아다녔다. 수면제 반 알이 처방되었는데 한 알을 먹으면 더 잘 주무실까 싶어 한 알을 드렸다. 그런데도 쿵쿵거리며 돌아다니는 소리가 계속 나더니 조용해졌다. 잠이 들었나 해서 엄마 집으로 갔다. 그런데 엄마는 코를 골며 자는데 침대가 아니라 침대방과 응접실 사이의 문턱에 허리가 걸린 채 누워 있었다.

몸이 축 늘어져 있어 말랐는데도 침대까지 옮길 수가 없었다. 깊이 잠들어 있어 따뜻한 바닥에 누이고 이불을 덮어준 뒤 내 집으로 돌아왔다. 그런데 다음 날 아침 엄마는 허리를 움직이지도 못하고 고통을 호소했다.

몇 달 전 새벽에 돌아다니다가 부러진 팔도 아직 완전히 회복되지 않은 상태였다. 엄마가 다니는 대학병원으로 옮겨 MRI를 찍어보니 허리가 부러졌다고 했다. 고통이 심해 엄마의 시간표는 잠시 중단되었다. 깁스를 하고 엄마의 부러진 허리가 우선이 됐다. 허리가 부러지니 걷는 게 더 힘들어졌다. 허리가 아프면서부터 식욕도 떨어져 밥 먹는 것을 거부했다. 담당의는 유동식을 처방해주었다. 밥 대신 환자용 유동식을 먹으면서 입맛 돋는 약과 영양제를 최대한 드시게 했다. 민간요법도 동원됐다. 뼈에 좋다는 홍화씨를 구해 드시게 했다.

몸이 아프다 보니 느는 건 짜증이었다. 엄마의 비위를 맞추고 모든 것을 엄마의 시간에 맞췄다. 허리가 아픈 뒤로는 조금 먹는 밥도 손으로 직접 먹기를 거부했다. 아이처럼 떠먹여 달라고 했다. 숟가락도 유치원생용으로 바꾸고 그릇도 어린아이 그릇으로 드신다 했다. 어리광도 늘어 세 살 아이 같았다. 먹고 싶다 하면 바로 만들거나 배달해야 했다. 엄마가 아기놀이를 한다고 생각했다.

그렇게 엄마에게 맞추다보니 밥은 꼭 먹여주어야 했다. 그러던 어느 날 큰올케가 퇴근 후 엄마를 방문했다. 마침 내가 엄마에게 밥을 떠먹여주는 걸 보았다.

"어머님 밥은 혼자 드실 수 있잖아요? 왜 밥을 떠먹여주는 사람이 있어야 해요?"

"야, XX년아! 네가 뭔데?"

순간, 나도 올케도 너무 놀라 서로 얼굴만 바라본 채 넋이 나갔다. 엄마는 이제 이성이 사라지고 본능만 남은 사람 같았다. 나는 이런 엄마를 이해하려 했다.

엄마는 막내딸로 태어나 일곱 살 되던 해에 외할머니가 돌아가셨다. 부유한 집의 막내딸이었지만 응석도 못 부리고 자랐다. 외할아버지는 새 부인을 들였다. 게다가 나이 차이가 나는 언니, 오빠가 모두 출가해 외숙모가 엄마 역할을 했다. 하지만 외숙모에게는 아이들이 있어 엄마는 어리광 한번 못 부려보고 성인이 되었다. 그리고 호된 시집살이를 했다.

엄마가 자신의 감정을 드러내거나 대항하는 모습을 단 한번도 보지 못했다. 그렇게 쌓여온 감정이 치매가 걸린 뒤 있는 그대로 드러났다. 사람들이 말하는 대로 속이 썩을 대로 썩었을 것이고 화병이 되었을 것을 생각하면 엄마가 안쓰러웠다. 자신의 감정이나 주장을 드러내지 못한 채 감정을 억누르고 할머니 할아버지를 모셨을 엄마. 어려서 기댈 곳 없던 가족들. 양반이랍시고 엄마에게 강요한 조신함.

천방지축에 내가 하고 싶은 일은 반대 따윈 아랑곳 않고 기어코 해버리는 나는 이제야 엄마를 이해했다. 자유로운 영혼으로 살아온 딸이 상상도 할 수 없는 엄마의 고통을 이제 공감한 것이다.

엄마는 현대에 살면서도 조선시대 여인처럼 살았다. 삼종지도를 지키고 모든 것을 참아냈다. 엄마에게는 우리를 지키고 잘 키워내는 것이 유일한 희망이었다. 자신의 인생은 없었다.

그래서였을까. 평생 하고 싶은 일만 하고 가정주부로서는 0점에 가까운 나를 응원했다. 집안일이며 내 아들을 키워낸 것도 엄마였다.

치매란 이름으로 변해버린 엄마는 자신이 필요한 것을 당당히 요구했다.

"엄마, 예쁜 옷도 사고 이불도 사고 쇼핑하러 가요."

다른 때 같으면 백화점 옷, 이불이 뭐가 필요하냐며 안 사려 하던 엄마가 기분 좋게 외출을 했다. 엄마가 좋아할 만한 옷 매장에 먼저 들렀다. 비싼 가격 따위는 안중에도 없이 여러 벌을 고르고 입어보며 신이 났다. 옷을 더 고르려는 엄마의 시선을 극세사 이불 매장으로 이끌었다. 엄마가 고른 이불은 동물 캐릭터가 있는 핑크 이불이었다. 집에 이불이 많았지만, 이번에는 카키색 이불도 사야 한다 했다. 이러다가는 매장 물건을 다 가져가야 할지 몰라 식사하자며 쇼핑몰을 빠져나왔다. 평상시 엄마라면 절대 있을 수 없는 일이었다.

쇼핑몰에서 집으로 돌아오는 길에는 더 황당한 일이 벌어졌다. 대문을 여는 동안 그 앞에서 아무렇지도 않게 옷을 내리고 소변을 보고 있었다. 황당하고 참담했다. 조금만 참으면 안으로 들어가 소변을 볼 수 있다는 생각이 없다. 이성이 사라지고 본능적으로 행동한 것이다.

엄마의 인간성이 이렇게 퇴화되다니 황망했다. 인간에게 이성과 감성이 사라지고 본능만 남은 삶이 무슨 의미가 있을까? 이렇게 나약한 것이 인간이라니 슬프다.

치매는 아직 치료약도 없고 언제 누가 걸릴지도 모른다. 오죽하면 내 출입처의 마약반 검사였던 박 선배가 "우리는 암에 걸려 죽어도 치매로 죽지는 말자"고 했다. 인간으로서의 삶이 무너지고 내가 뭘 하고 있는지도 인식하지 못하는 삶이 무슨 의미일까?

돈이 있어도 명예가 있어도 어찌할 수 없는 치매. 우리가 가장 잘 아는 유명인사 중 조지 부시 미국 대통령, 여성으로서 대단한 인생을 살아온 이태영 박사가 왜 치매 환자가 됐는지 알 수 없다. 누군들 난 절대 치매와는 먼 사람이라고 장담할 수 있겠나? 죽음을 장담할 수 없듯 치매가 그렇다. 치매는 건강하다고, 나이가 적다고 피해 가지 않는다. 일례로 나보다 어린 후배에게도 치매라는 괴물이 찾아왔다.

엄마와 겪어낸 치매 5년이 내게 진심으로 나라 걱정을 하게 만들었다. 치매 인구는 매일 늘고 있고, 노령인구는 폭발적으로 늘어날 것이다. 그 사회적 비용을 어찌 감당할지 걱정이 태산이다. 나도 나이를 먹어가고 있고, 나도 노인이 된다는 것도 두렵다.

집으로 돌아와 왜 대문 앞에서 소변을 보았느냐고 물었다. 아무 죄의식 없이 '그냥'이라고 답했다. 치매 시간이 왔다. 인지 판단 기능의 마비가 온 것이다. 우리 엄마의 영혼이 아닌 상태였다.

그날 밤 다시 치매 발작이 왔다. 갑자기 저녁약을 안 먹겠다며 화를 내기 시작했다. 자기에게 약을 먹여 죽이려 한다는 것이다. 폭력성도 나타났다. 이럴 때는 감정을 건드리면 안 된다. 무사히 밤이 지나고 오후에 엄마가 사라졌다. 날이 밝은 시간이라 기다렸다. 그런데 또 어이없는 상황이 벌어졌다. 시장 구경을 다녀왔다는 엄마는 수십 켤레의 양말과 같은 바지 6장을 가져왔다.

"엄마, 이거 왜 가져왔어?"

"샀어."

"엄마 돈도 조금 밖에 없었고, 이 옷들은 엄마도 있는데 왜? 돌려주러 가자, 엄마. 이건 남의 물건이야."

"몰라. 그냥 갖고 오고 싶었어."

그제야 자신의 행동이 잘못된 걸 아는지 마구 화를 내더니 침대에 파묻혀버렸다. 하는 수 없이 엄마가 잠들기를 기다려 동생을 불러 해결책을 논의했다. 어디서 가져온 줄 모르는 물건을 들고 찾아다닐 수도 없었다. 동생은 물건을 들고 경찰서로 가서 엄마의 사정을 말하고, 사죄한 뒤 주인에게 좀 돌려주라고 하고 왔다.

그런 일은 반복됐다. 자신에게 아무 필요도 없는 카페 앞 플라스틱 나무를 가져와 주인에게 돌려주기도 했다. 재미삼아 하는 행동인 것 같아 계속 주입식 교육을 해도 통하지 않았다.

엄마는 어린 시절 우리에게 남의 물건은 길에 있어도 절대 손대면 안 된다고 교육했다. 엄마도 절대 남의 것에 관심조차 없었다. 그런 내 엄마가 어떻게 이럴 수 있는지 의문이었다.

엄마는 예전의 내 엄마가 전혀 아니었다. 우리 가족은 그런 엄마를 이해하려 했다. 전문가들의 조언에 따르고, 최대한 엄마를 안정적으로 관리하며 건강에 최선을 다했다. 하나밖에 없는 엄마를 잃는다는 것을 나는 상상도 할 수 없었다.

엄마의 허리가 부러지고 병원 출입도 잦아졌다. 밤새 냉장고에서 먹을 것을 꺼내 밤새 먹고는 새벽에야 잠들었다. 그러다 보니 당 수치가 더 높아졌다. 엄마가 새벽에 잠들고 나서야 안도의 한숨을 쉬고 잠깐 쪽잠을 자는 게 내 생활이었다. 그런 날이면 영락없이 일이 생겼다. 새벽에 배회하는 엄마를 순찰차가 발견해 데려오는 것이 일상이 되다시피 했다.

"안녕하세요? 저는 00교회 집사인데요. 새벽기도 왔다가 어머님을 발견해 목걸이의 전화번호를 보고 연락드려요."

집에서 신호등을 여러 번 건너야 하는 교회로 엄마를 데리러 가면서 가슴을 쓸어내렸다. 새벽시간에 쌩쌩 달리는 자동차를 피하고 교회 다니는 분에게 발견된 것이 너무 감사했다.

허리가 조금 나아지자 치매 시간이 오면 엄마는 새벽같이 집을 나가 지하철을 탔다. 매달 수십 년 만나던 친구 모임에 가신다며 지하철을 마구 갈아탔다. 그래서 전혀 연고도 없는 구파발 전철역에서 발견되기도 하고, 알지도 못하는 도봉역, 성수역, 구로역까지 장소도 다양했다.

눈이 내린 추운 겨울날 구파발역에서 어느 아줌마가 엄마가 떨고 있다며 전화를 했다. 아줌마에게 미안한 부탁을 했다. 무조건 택시를 잡아 태운 뒤 운전기사 아저씨에게 전화를 달라고 했다. 모시러 가는 동안 떨고 있을까 봐 택시를 이용했다. 택시기사 아저씨는 10만 원을 요구했다. 돈은 중요하지 않았다. 관리를 소홀히 한 내 탓이었다.

집 앞까지 엄마를 데려온 택시기사 아저씨는 엄마에게서 대변 냄새가 난다며 12만 원을 요구했다. 택시 안에 대변을 본 것은 아니었다. 기저귀를 입고 있어 택시는 깨끗했지만, 그냥 그 돈을 지불했다. 엄마를 무사히 모셔왔으니 그저 감사할 뿐이었다. 집으로 모셔와 아무것도 묻지 않고 따뜻한 물에 목욕을 시키고 따뜻한 음식을 먹게 했다. 피로했던지 엄마는 바로 잠이 들었다.

다음 날 왜 그 멀리까지 가셨느냐 했더니 모르신단다. 친구들이 기다린다고 해서 나갔단다. 치매가 오지 않았을 때도 모든 모임에 차로 모셔다주고 모셔왔다. 그런데 가끔 지하철을 타고 갔던 기억이 있어 지하철을 탔던 모양이다. 엄마는 갑자기 생각이 떠오르면 즉흥적으로 실행했다. 아무리 엄마를 지키고 있어도 내가 음식을 만들거나 전화 중일 때 살며시 몰래 나가버렸다. 그러다보 니 엄마가 더 멀리 가기 전에 찾아야 해서 112 신고가 거의 일상화되었다. 112에 신고하면 집 근처 파출소로 떨어져 항상 도움을 주었다.

이런저런 가출 이후 방금 간식을 드리고 내려왔는데, 이층에 올라가 보니 엄마가 없었다. 신고를 하고 찾아나섰다. 시간이 얼마 안 됐으니 멀리 안 갔을 것 같은데 흔적도 없었다. 마침내 경찰들이 엄마를 찾아 우리 아파트 쪽에서 걸어왔다.

"엄마, 또 말도 없이 어딜 갔어요? 나 이러다 다시 심장 멈춰요."

"나 우리 아파트 갔는데 문이 안 열려. 누가 번호를 바꿨나봐."

"거긴 왜 갔는데요?"

"농장에 심을 씨앗을 작은 방에 잘 보관했거든. 내일 심으러 가려고 갔지."

엄마는 아무렇지도 않게 말했다.

"엄마가 큰집 무섭고 관리비 많이 나온다고 이사했잖아요."

"그럼 내 집이 어디야?"

나는 할 말을 잃고 말았다. 가족들도 나도 지쳐가고 있었다.

그런데 엄마는 치매가 올 때는 아프지 않던 허리가 아프다면서 절대 걷는 운동을 하려 하지 않았다. 요양재활병원이 필요했다. 하지만 요양원 이야기만 나오면 동생이고 나고 말하는 사람은 다 죽이겠다고 했다. 그래서 허리 치료하러 병원 간다고 속이고 모셔갔다. 간판을 보더니 요양병원이라고 차에서 안 내리겠다고 했다. 겨우 달래서 안으로 모셨다. 지인의 지인이 하는 병원이라 특별대우를 받으며 요양병원에 들어갔다.

밥을 잘 안 먹어서 특별식으로 주문하고 이틀에 한 번은 링거를 부탁했다. 그곳에서는 이상행동과 물리치료를 받았다. 그런데 인지 치료사에게 "나 대신 네가 하라"고 했단다. 허리 아프지 않고 걸으려면 물리치료는 꼭 받아야 한다고 하니 물리치료는 열심히 받았다. 덕분에 많이 좋아져 걷는 것이 나아졌다. 치매 담당 정 박사님은 동영상을 찍어오라고 했다. 박사님은 엄마의 호전된 모습을 보고 자기 일처럼 기뻐해주셨다. 정 박사님은 어려운 일이 있을 때마다 믿을 수 있는 우리 가족 상담 의사였다.

엄마가 한 달간 요양재활병원에 입원하니 나는 좀 쉴 수 있을 것으로 생각했다. 하지만 그건 내 착각이었다. 아침 7시만 되면 왜 빨리 안 오느냐, 뭘 사와라, 빨리 오라 계속 지시가 내려왔다. 그런데 한국에 남아 있던 큰 남동생마저 해외 장기 출장을 떠나 결국 병원 가는 일은 모두 내 몫이었다.

해외 출장이 잦은 남동생은 경제적인 것을 책임졌고 나는 엄마를 책임졌다. 그러니 형편이 어려운 치매 노인들보다 엄마는 행복한 편이었다. 엄마와 같은 병실에 장기 입원한 고운 모습의 할머니 한 분이 있었다. 그런데 자식들이 모두 해외에 있어 찾아오는 사람이 없었다. 할머니는 뒤척이지도 못해 누워서 대소변을 해결했다. 그래서 내가 가져간 먹을 것을 드리려 해도 병원 규칙상 안 된다고 했다.

엄마는 손자가 사다준 랍스터도 간병인에게 줘버렸다. 단지 손자가 매일 사다 바치는 장미꽃 한 송이에 웃음을 보였다.

엄마가 재활을 위해 입원해 있는 동안에도 매일 출근하는 신세였지만 엄마를 찾아 헤맬 일은 없어 좋았다. 매일 창살 없는 감옥에 살던 내게 외출의 기회가 주어진 셈이었다. 누군가가 엄마를 맡아준다는 것에 감사했다. 또 엄마의 육체적 건강이 회복 되어가는 것을 보는 것도 기쁨이었다.

병실에 면회 오는 딸들이 여럿인 것을 보면 외롭고 부러웠다. 이럴 때는 가족이 많은 것, 딸 많은 집이 가장 부러웠다. 어려서 언니 하나만 사달라고 졸랐던 게 생각났다. 당시 내가 입양을 알았더라면 동생이든 언니든 입양을 해달라고 할아버지께 졸랐을 것이다. 내 말이라면 뭐든 들어주던 할아버지는 언니는 살 수 있는 게 아니라고만 했다.

나도 아들 하나밖에 없고, 우리 집은 3대째 모두 외동딸을 두었다. 나는 강아지를 키워도 암컷만 키웠다. 22년을 강아지를 키우는 것을 보며 엄마는 항상 딸 없는 날 걱정했다. 그리고 맑은 정신일 때는 강아지 대신 딸을 입양했으면 딸이 대학생일 거라고 한숨을 쉬신다.

2부

엄마, 아기가 되다

"왜 밥을 가득 떠? 절반만 줘야지."

"엄마, 이 숟가락 유치원 애들이 쓰는 건데 이 정도도 입이 안 열려요"

"그래, 조금씩만 줘. 넌 날 왜 먹여 죽이려고 하냐?"

반찬도 고루 드렸지만 거부하는 반찬이 많았다.

조금만 질기거나 식감이 맘에 안 들면 바닥에 바로 뱉었다.

"엄마, 뱉고 싶으면 여기 펴 놓은 휴지에다 해요."

"귀찮아. 네가 치워."

"엄마, 이 반찬 한 번만 더 드세요."

"저리 치워, 싫어. 내가 말한 것만 줘."

– 〈본문 중에서〉

10

⋮

엄마 집이 매일 쓰레기로 채워지다

병원에서 퇴원한 뒤 걷는 게 한결 수월해지자 엄마는 온갖 쓰레기를 집으로 들여왔다. 집에서 가까운 곳에 재활용 쓰레기장이 있어 그곳이 엄마의 놀이터가 됐다.

"엄마, 이 많은 박스를 왜 들고 왔어요?"

"다 쓸모가 있어."

"왜 빈병을 또 주워 와요? 아들 또 경찰 조사 받게 하려고요? 사업 때문에 머리 아프고 바쁜 아들을 왜 힘들게 해요. 잊어버렸어요?"

"내가 왜 그런다니? 다신 안 주워 올게."

이럴 때마다 나도 엄마도 힘들고 다시는 쓰레기를 집에 안 들이겠다고 했지만 며칠 가지 못했다. 전혀 쓸모없는 쓰레기들을 집으로 들여와 집 안 이곳저곳에 감췄다. 화도 내보고 윽박질러도 보았지만 소용이 없었다. 엄마는 쓰레기를 들여

오고 나는 다시 가져다 버리기를 반복할 수밖에 없었다.

주워 오는 쓰레기는 숨긴다고 숨기는데, 찾아내보면 남이 쓰다 버린 플라스틱 용기, 냄비, 프라이팬까지 종류도 다양하다. 이런 물건들을 이불장 이불 사이, 김치냉장고 등 숨기지 않는 곳이 없었다.

요양보호사가 사용하기도 해서 냄비와 프라이팬들을 새로 구입하다 보니 전에 쓰던 것을 버릴 만큼 그릇이나 새 주방 용품이 많았다. 웃지 않을 수 없는 것은 내가 버린 재활용품 쓰레기를 엄마가 다시 들고 온다는 점이다. 쓸 수 있는 물건을 왜 버렸느냐는 것이 이유다.

그뿐만이 아니었다. 길을 지나가는데, 내가 누군지 아는 할머니가 화를 냈다.

"그 집 엄마는 왜 아직 피지도 않고 먹지도 못하는 싹을 잘라 가?"

"죄송합니다. 엄마가 치매라서 판단 능력이 없어요. 어떻게 보상을 해드려야 할까요?"

"싹은 다시 나겠지. 몇 년 전까지만 해도 공부하러 다니고 운동하러 바쁘게 다니던 할머니가 왜 그런 병에 걸려?"

할머니는 믿을 수 없다는 표정이었다.

쓰레기할머니가 될 거냐고 엄마에게 간절히 호소했다. 그랬더니 큰 쓰레기는 주워 오는 일이 조금씩 줄어들었다.

그런데 한강 산책을 나갈 때면 전혀 필요 없는 잡초를 뽑아

들고 왔다. 그럴 때는 신이 나서 노래까지 흥얼거렸다. 개선장군 같았다. 자신에게 필요도 소용도 없는 물건을 획득하고 그토록 만족해하는 심리가 궁금했다. 쓰레기도 모자라 이젠 잡초들까지 집 안에 모아들이고 있었다.

나는 아파트에 살며 외부에는 일 때문에 오가는 일상을 보낸 터라 엄마가 사는 주택 지역은 내게 무척 낯선 곳이었다. 어디에 뭐가 있는지 몰라 길을 헤맸던 기억이 새롭다. 그런 곳에서 뭐가 변화하고 어떤 일이 벌어지는지 몰랐다. 이사 후에도 집 밖으로 나가지 않고 엄마만 바라보고 사는 생활이어서 마을 사정에 어두웠다.

그런데 아는 지인이 전화를 걸어왔다.

"우리 건물 1층에 카페를 차렸는데, 자기 엄마가 자꾸 나무를 뽑아가는 모양이야."

전화를 받고 이층으로 올라가보니 식탁을 중심으로 플라스틱 나무를 쭉 늘어놓고 혼자 뭐라 중얼거리고 있었다. 플라스틱 나무들과 대화를 나누는 중이었다.

"엄마, 이거 어디서 가져왔어요?"

"길가에 있었어. 왜?"

"이건 우리 집에 가져오면 쓰레기인데, 왜 가져와요?"

"키울 거야. 왜 쓰레기라고 하니? 예쁘기만 한데……."

"엄마, 또 아들 경찰에 불려가게 하려고 그래요? 엄마가 가져온 건 우리 집에선 쓰레기지만, 카페 앞 거리에 있는 건 인테리어예요. 지금 신고한다고 전화 왔어요. 엄마가 직접 가지고 가서 사죄드리고 돌려주고 와요."

"누가 내가 가져갔다고 신고했다니?"

"CCTV에 다 찍혔대요. 요즘은 CCTV가 다 보고 있어요. 재활용쓰레기장에도 오늘 달았대요. 재활용쓰레기는 우리 아파트 부녀회에서 팔아서 그걸로 대청소도 하고 했잖아요. 여기 재활용쓰레기는 구청 거예요. 절대 가져오면 안 돼요."

엄마는 이해가 됐는지 플라스틱 나무를 한 아름 안고 나갔다. 카페 주인은 지인에게 엄마의 병세를 듣고는 용서하고 돌려보냈다. 그렇게 한동안은 쓰레기와의 전쟁에서 벗어나나 싶었는데, 이번에는 쓰레기가 아닌 새로운 버릇이 생겼다.

"자기네 엄마 요 앞 슈퍼에서 과일 한 개랑 아이스크림 들고 갔대."

자신이 갖고 싶은 것은 무작정 들고 오더니 이젠 슈퍼에서까지 그런 모양이다. 값을 치르고 가져와야 한다는 사실을 인식하지 못했다.

"엄마, 나한테 준 아이스크림 어디서 가져왔어요?"

"요 앞 슈퍼에서……."

"그런데 왜 그냥 가져와요? 돈이 없었어요? 돈 없으면 돈 가져가서 사야지요."

"내가 돈 안 줬대? 나 돈 많은데……."

엄마의 주머니에는 항상 몇 만 원이 들어 있었다. 그런데 돈을 지불했는지 안 했는지도 모르는 것이다.

엄마의 냉장고에도 아이스크림은 물론 갖가지 과일과 열대 과일까지 항상 채워져 있다. 과자도 종류별로 여러 가지 사다 놓았고, 동생이 해외 출장에서 돌아올 때면 엄마 입맛에 맞을 만한 과자를 골고루 사다주어 부족함이 없었다. 그런데 엄마는 이해 못할 행동을 했다. 치매 엄마의 어디로 튈지 모르는 행동은 나를 항상 불안하게 했다.

지금은 쓰레기와 물건을 그냥 가져오는 것이 문제지만, 어디로 향할지 모르는 발걸음도 문제였다. 돌아다니다가 사고라도 날까 봐 늘 조마조마했다. 또 이웃에게 어떤 폐를 끼칠지도 걱정이었다.

어떤 사람들은 엄마 집에 밖에서만 열 수 있는 열쇠를 채우라고 했다. 하지만 차마 자식으로서 할 짓이 못됐다. 내가 엄마를 모시기로 작정한 이상 최대한 자유롭고 편안하게, 인간답게 살도록 배려하는 것이 내 일이었다.

11

⋮

일주일분 고기가 하룻밤에 사라졌다

엄마는 치매가 오기 전까지 돼지고기나 비린내 나는 생선을 절대 안 먹었다. 야채 반찬과 소고기, 동태탕 외에는 먹지 않았는데 단지 고향에서 먹던 남원추어탕은 먹었다.

"난 어려서부터 좋은 부위의 소고기만 먹었어. 시집오니까 식구들이 돼지고기를 좋아하더라."

나 역시 소고기는 육회 외에는 먹지 않는다. 그리고 소갈비보다 돼지갈비를 더 좋아한다.

그런데 치매가 오고 나서부터 엄마의 식성이 변했다. 전혀 먹지 않던 삼겹살을 구우라고 직접 사오기도 했다. 엄마가 매일 육고기를 찾으니 큰동생이 일주일은 먹을 수 있는 부위별 고기를 사다가 냉장실에 넣어두었다. 엄마는 고기를 들여놓은 날 밤과 새벽까지 고기를 구워 몇 점 안 먹고 쓰레기통에 버렸다. 중간에 올라가 내일 드시고 주무시라 했더니 이젠 김치찌개가 먹고 싶다니 고기를 잔뜩 넣고 찌개를 끓였다. 다시 올라가 제지했더니 맛없어서 안 먹는다며 개수대에 버렸다.

이제 하루가 끝나는구나! 안도하고 살포시 잠이 들었다가 냄새 때문에 깨서 이층으로 올라갔다. 탄 연기가 가득한데 엄마는 잠들어 있었다. 식탁을 보니 검게 타버린 고기가 프라이 팬 가득 담겨 있었다. 어린아이처럼 세상 편한 얼굴로 잠든 엄마 대신 집 안을 치우는데, 5kg 음식쓰레기봉투가 한 개 반이 넘었다. 엄마는 일주일을 먹고도 남을 고기를 하룻밤에 다 먹지도 않고 쓰레기로 만든 것이다.

엄마가 잠에서 깨서 기분 좋은 시간을 포착해 조심스럽게 말을 건넸다.

"엄마, 어젯밤 새벽까지 왜 그 많은 고기를 다 버렸어요?"

"찌개도 먹고 싶어서 했는데 맛이 없고, 구워도 맛이 없고, 두루치기를 해도 맛이 없어서 다 버렸어."

"엄마, 뭘 먹고 싶으면 날 부르든지 조금만 했어야죠. 엄마 같은 할머니, 할아버지들 중에는 먹고 싶어도 먹을 게 없어서 무료 급식소 찾아가 끼니를 때우거나 배달 도시락으로 드시는 분들도 있어요. 그런 분들한테 안 미안해요? 옆집 지하 방에 사는 할머니는 고기 사다 주는 사람도 없고 가져다주는 도시락만 드시는데 그 고기 좀 나눠주면 좋잖아요?"

치매가 오기 전에는 그 할머니가 불쌍하다며 뭐든 나누어 주었던 엄마다. 내가 어렸을 때는 우리 집에 밥 얻어먹으러 오는 걸인들이 많았다. 그때마다 소반에 밥을 차려 마루에서 먹게 했다. 밥도 항상 넉넉하게 해서 할아버지께 칭찬을 받았다.

엄마는 평소 먹는 음식을 함부로 버리면 죄 받는다고 했다. 그리고 독거노인 도시락 배달 봉사를 했던 경험도 있다. 엄마는 곰곰이 생각하다가 불쑥 말했다.

"내가 미쳤나 보다. 나 치매인가 봐."

엄마의 한숨 섞인 말에 나는 할 말을 잊었다. 정신이 맑아지면 사리 판단이 되었는데, 그런 맑은 정신이 하루 몇 번 오지 않는 게 문제였다.

그 무렵, 엄마가 다니시던 대학병원에서 진료와 인지검사가 있었다. 엄마와 담당 선생님이 1시간 이상 하는 검사였다. 인지검사 도중 화장실에 가고 싶다고 해서 엄마를 모시고 화장실에 갔다. 엄마를 변기에 앉히고 잠시 나와 선생님과 대화를 나누었다. 엄마는 자식들 숫자도 다른 것도 대충 대답하면서 선생님이 묻는 말에 짜증까지 냈다고 했다.

화장실로 다시 가보니 변기 뚜껑을 닫고 앉아 흥얼거리고 있었다.

"엄마, 왜 자식이 둘뿐이라고 엉터리로 대답했어요?"

"그년이 귀찮게 요것조것 자꾸 묻잖아. 귀찮아서 화장실 급하다고 했지. 이제 집에 가자."

"엄마가 제대로 대답을 안 하면 요양원 가야 할지 몰라요.

이제 들어가서 제대로 대답해요."

엄마는 그러겠다고 하고는 다시 인지검사실로 들어갔다. 엄마가 평범한 머리는 아닌 걸 알았지만, 이런 꼼수를 부릴지는 몰랐다. 머리 좋다고 소문난 엄마가 일부러 치매 환자 행세를 하는 게 아닌지 의심한 적도 있었다. 정말 생각지도 못한 머리를 쓸 때는 황당한 적이 한두 번이 아니었다.

엄마는 나이 70이 넘도록 검은 머리였고, 건강관리를 잘해서 병원 가는 일도 거의 없었다. 몸이 약한 내가 30번쯤 병원에 갈 때 엄마는 병원 한 번 가는 일도 없었다. 그러다 보니 대부분의 여자들과는 달리 57세까지 생리를 할 만큼 건강했다. 그래서 자기 관리가 철저하고 부지런한 엄마가 늘 부러웠는데, 내 엄마의 현재는 치매 환자인 거다.

치매 환자가 된 뒤 먹지 않던 음식도 먹었다. 수출입 무역업을 하는 큰동생이 참치 특수부위를 수입하기 때문에 참치를 많이 가져다주면 엄마는 참치초밥이나 회로 먹었다. 양이 많다 보니 여러 번 먹으면 싫다고 해서 참치를 냉동시켰다. 참치는 해동해야 먹을 수 있으니 안심하고 엄마의 냉동고에 넣어두었다.

그런데 어느 날 늦은 밤, 아니 새벽이었을 것이다. 망치 소리와 건설 현장 같은 요란한 소리가 집 안을 뒤흔들었다. 이층으로 뛰어 올라가 보니 엄마가 도마 위에 참치 조각을 올려놓고 칼과 망치로 두들기고 있었다.

"엄마, 이 새벽에 동네 사람들 잠도 못 자게 뭐 하는 거예요?"

"나 참치 먹고 싶어서 자르고 있어."

"엄마, 해동을 해야지 얼어 있는 참치를 왜 잘라요?"

"나 지금 먹고 싶단 말이야."

그래서 부랴부랴 해동을 하는데, 엄마는 그새를 못 참고 다른 참치를 꺼내 칼과 망치로 조각을 뜯어내려 했다. 무엇보다 칼과 망치에 어디 다치지나 않을까 걱정이 됐다. 수년간 해동을 해서 먹었으면서 그것을 잊은 모양이었다.

이런 일을 겪으면서 위험을 방지하기 위해 고기든 생선이든 모두 우리 집으로 옮겼다. 그러면서 먹고 싶을 때 항상 이야기하라고 했다. 그랬더니 새벽에 돼지족발 사와라, 물회 사와라 지시 사항이 많아졌다.

엄마는 생선도 종류를 가리지 않고 먹었다.

"나 갈치조림 해줘."

"갈치 구워줘."

"고등어자반 먹고 싶어."

먹고 싶은 것도 많아졌고, 이에 무리가 될지 모르는 마른오징어를 사오라는 요구가 많아졌다. 몇 년 전 폐 수술 후 입맛을 찾아준 게찌개와 게찜은 한동안 계속 먹었다. 뭐든 잘 먹고 건강만 하다면 이런 음식을 구하고 만드는 일은 아무 문제가 안 됐다. 동생은 수산시장을 수시로 드나들었고 나는 음식을 만들었다. 그런데 입맛에 맞으면 하루 종일 먹는다는 게 문제였다.

엄마는 평소 잘 먹던 채소, 특히 토마토를 안 먹으려 했다. 나는 엄마에게 꼭 필요한 토마토를 드시게 하려고 토마토주스를 만들었고, 잘 안 먹는 베리 종류도 무조건 주스로 드시게 했다. 일단 편식을 안 하게 하는 것도 내 책임이었다. 엄마의 건강을 챙기는 것은 내 임무였다.

책으로 배운 5대 영양소를 영양사처럼 공부해가며 음식을 만들었다. 치매는 어차피 현재 진행형이지만 건강을 보존하는 것은 중요한 문제였다.

신경이 항상 곤두선 채 엄마의 음식들을 만들다 보면 배고픔 따위도 없고 입맛도 사라졌다. 내 건강은 바닥을 드러내는 것 같았다. 그런 와중에도 엄마는 일주일 내내 삼겹살을 구우라고 하기도 했다. 엄마의 체중은 평생 43kg에서 별로 변화가 없었는데, 체중이 48kg까지 늘어 옷을 입기가 불편했다. 이렇게 체중이 늘어난 것은 식사 후 바로 눕는 고집 때문이었다. 운동을 하자고 하면 마구 화를 냈다. 그러면서 누워서 바나나를 몇 개나 먹었다. 당 수치가 오르니까 안 된다고 하면 마구 화를 냈다. 화가 나면 감당하기 어려운 욕설과 행동이 뒤따랐다. 그럴 때는 엄마의 영혼을 악마가 지배하고 있다는 생각이 들었다.

입이 짧아 뭐든 유치원 아이 정도로만 먹던 엄마가 폭식을 했다. 일주일분 고기를 먹지도 않고 버려놓거나 같은 음식을 일주일 동안 계속 먹으려고 하는 것도 이해 불가였다. 살림도 제대로 해본 적 없는 내가 중화요리, 베트남 음식, 이태리 음식, 인도 음식, 멕시코 음식까지 엄마의 전용 요리사로 살았다. 게다가 엄마의 전용 돌보미다.

신기하게도 엄마의 오물 묻은 몸을 씻길 때는 더럽다거나 역겹지 않고 눈물이 쏟아졌다. 엄마도 내가 어렸을 때 이렇게 씻기고 키웠을 텐데 당연한 일이라는 생각이 들었다. 그래도 내가 있어 며느리에게 이런 일을 시키지 않아도 된다는 것만도 다행이었다.

12

....

엄마의 식성이 변덕스러워졌다

엄마는 몸이 아파도 절대 죽은 안 먹었다. 내 아들도 이런 할머니의 식성을 닮았는지 군대에서 닭죽이 나오는 날은 매점행이었다. 편도가 부어 먹지 못하면 주방에서 누룽지를 끓여줬다고 한다. 엄마는 나와 할머니가 죽을 좋아하는 것을 이해 못한다고 했던 분이다.

그런 엄마가 갑자기 죽에 집착하기 시작했다.

"콩죽 좀 끓여."

콩죽은 다른 죽과 달리 하루 정도 콩을 불리고 쌀을 불려야 해서 바로 할 수가 없었다. 그래서 쌀을 불려 들깨죽을 끓였다.

"누가 김장 하자고 했니? 왜 들깨죽이야? 안 먹어. 검은깨죽도 아니고."

사실 임기응변으로 끓인 들깨죽이었다. 우리 집에서는 김장을 할 때 대대로 찹쌀 들깨죽을 끓여 김치소를 만든다. 나는 김치를 안 먹지만 들깨찹쌀죽을 먹기 위해 김장 하는 날을 기다릴 정도다.

어깨 너머로 본 기억을 되살려 겨우 끓여낸 죽을 엄마는 한 술도 안 먹었다. 다시 집으로 내려와 검은깨를 갈아 엄마 말대로 검은깨죽을 끓여 갔다.

"왜 죽이 써? 설탕 넣어줘."

"엄마 검은깨죽은 고소하면서 약간 쌉쌀하잖아요. 설탕은 가능하면 안 드셔야 해요. 당 수치 오르잖아요."

"그럼 나 안 먹을래."

엄마의 단호함에 못 이겨 설탕을 약간 넣어드렸는데 미각이 퇴화되다 보니 더 달게, 더 짜게 먹으려 했다.

엄마는 먹고 싶은 것은 절대 안 잊는다. 아침부터 콩죽을 끓여 갔더니 정말 맛있게 먹었다. 그런데 콩죽을 먹고 나서는 저녁은 호박죽을 드시겠단다. 나는 호박죽은 한 번도 먹지 않았고 끓여본 적도 없어서 인터넷 레시피에 의지했다. 단호박으로 호박죽을 끓일 수 있다는 것이다. 쌀을 불리고 마침 엄마 간식으로 쪄내던 단호박이 남아 있어 레시피를 보면서 겨우 호박죽을 끓였다.

엄마 덕분에 내 요리 실력은 늘어갔다. 하지만 안 하던 일을 하는 건 여간 힘든 일이 아니었다. 그나마 시루떡을 하라거나 만두를 만들라고 하지 않는 것만 해도 감사했다. 잠시 죽을 쉬게 하려고 엄마가 평소 좋아하던 잡채를 했더니 몇 젓가락

안 먹고 다음에 먹겠다며 냉장고에 넣으라고 했다. 잡채도 정식 잡채와 채소잡채, 콩나물잡채까지 별별 잡채를 다 했다.

그런데 죽 타령이 다시 이어졌다.

"네가 잘 만들던 조개죽 있잖아?"

"백합죽요?"

"응. 그거 먹고 싶어."

내가 좋아해서 백합죽을 잘 끓이고, 손님 초대에도 백합죽을 내놓으면 모두 맛있다고 칭찬했다. 여러 가지로 몸에 좋고 맛있는 백합죽은 내 전공이었다.

엄마가 백합죽을 찾는데 내 차가 없으니 예전처럼 수산시장에 다녀올 수가 없었다. 엄마 집에는 주차장이 없고 나갈 일도 없어서 내 차를 치운 지 오래였다.

"엄마, 그건 수산시장 가서 사와야 돼요."

"네 차로 얼른 다녀오면 되지?"

"엄마, 나도 내 차가 없어서 답답해요. 평생 자동차가 내 발이었지만 없애고 왔잖아요. 큰아들이 사다놓은 전복 있는데 전복죽 해드려요?"

"그래. 해봐."

엄마는 전복죽이 입에 맞는지 어느 땐 두 끼를 드셨다. 동생은 시장 볼 때 전복과 소고기, 돼지고기, 온갖 과일을 떨어질 새 없이 사다 날랐다. 비록 힘은 들어도 이런 것을 드실 수 있는 엄마가 있어 우리 남매에게는 행복이었다.

여름이 되자 엄마는 콩국수를 즐겨 먹었다. 간편하게 콩국수 만드는 법을 알고 있어 오히려 내겐 편했다. 두부와 두유, 땅콩, 잣만 있으면 콩국수를 만들 수 있었다.

그런데 한겨울엔 엄마의 식성에 문제가 생겼다. 땅이 꽁꽁 얼어 있는데 엄마의 머릿속은 봄이었다.

"우리 화성 농장 가자."

"왜요? 우리 농사 안 짓는지 오래됐고, 지금은 겨울이잖아요."

"한번 가보자고. 농장 논둑에 지금 머위가 쏙쏙 올라왔어. 밭 옆에 달래가 얼마나 나왔는지 몰라. 우리가 빨리 안 가면 지난번처럼 봉고차 타고 온 여편네들이 다 뜯어 간단 말이야."

자연식품이 건강 테마로 떠오르면서 봉고차로 움직이는 대단위 나물꾼들이 생겼다. 농장 대문에 쇠줄로 감아놓은 체인도 끊고 열쇠를 뜯고 들어와 나물을 모두 캐 가는 것이 엄마 눈에 띄었다. 절터였던 곳이라 여러 가지 산나물이 곳곳에서 자라고 특히 머위나물은 지천에 널렸다. 엄마는 그 머위 싹을 좋아해 쌈을 싸 먹고 무침까지 아주 잘 먹었다. 또 가을이면 머위대를 꺾어 말리는 걸 즐겼다.

그것을 잊지 않은 엄마의 머릿속에는 그 봄이 와 있었다. 엄마의 상상 속에 머위 싹이 돋아 있는 것이다. 한겨울이라 백화점이고 마트고 머위 싹을 구할 수 없다며 동생이 엄마를 좀 달래보라고 했다.

드디어 봄이 오고 머위 싹이 나오기 시작하자 엄마는 머위

쌈과 무침을 계속 먹었다. 봄이 되니 달래도 나와 달래장에 비벼 먹기도 하고 취나물 쌈도 먹으며 참 좋아하셨다.

그런데 봄나물 무침에 봄나물 국에 잘 먹다가 갑자기 변덕을 부렸다.

"나 추어탕 먹으러 가고 싶어. 네가 데리고 가던 골프장 있는 데 거기 어디야? 나 데리고 가."

며칠을 다른 추어탕은 소용없다고 그곳만 간다고 해서 하는 수 없이 동생과 셋이서 고양에 있는 추어탕집에 갔다. 추어탕과 추어튀김을 시켰는데, 한 술 뜨더니 맛없다고 수저를 놓아버렸다. 동생은 사업상 약속까지 미루며 힘들게 왔는데 안 드시겠다는 것이다.

엄마의 음식 변덕은 여기서 그치지 않았다.

"나 마늘 잔뜩 넣은 닭백숙 먹고 싶어."

엄마의 명령에 오가피와 상황버섯, 토복령 마늘을 잔뜩 넣고 백숙을 끓였다. 그런데 닭 냄새가 난다며 닭은 강아지한테나 주라고 했다. 나도 물에 빠진 닭은 안 먹기 때문에 차마 버릴 수가 없어 살은 말려서 강아지 수제 간식으로 만들었다.

닭은 입에도 안 대던 엄마가 이번엔 매운 닭발을 해내라고 했다. 엄마의 닭발 요리는 내 친구들도 인정할 정도였다. 엄마가 매운 닭발을 만드는 날이면 친구들이 우리 집으로 모여들었다. 나도 엄마 등 너머로 배운 게 있어 재료만 있다면 자신 있었다.

동생이 선견지명이 있어 닭을 사 올 때 닭발을 사다 얼려 놓은 게 마침 있었다. 나는 시간을 끌지 않고 매운 닭발을 해 드렸다. 언제 무엇을 먹겠다고 할지 몰라 우리 집 냉동고와 엄마 냉동고는 수산물 시장이자 정육점이었다.

엄마의 식성은 나날이 변덕스러워졌다. 하지만 엄마의 변덕스러움이 귀찮기보다 입맛이 있어 다행이란 생각이 들었다. 엄마의 미각이나 입맛이 사라지지 않았다고 믿었다.

우리 엄마처럼 이런 변덕의 치매가 온다면 돌볼 사람이 없는 가정은 어떨지 모르겠다. 나처럼 엄마만 돌볼 수 있는 상황이 안 되고 돈을 벌러 나가야 한다면 어떨까. 앞으로는 치매 환자를 돌보는 사람의 복지가 필요하다는 생각이 들었다.

치매 환자를 하루 종일 돌봐야 하는 사람들에게 일정 보수가 주어진다면 치매 환자를 방치하는 일은 없을 것이다. 문을 밖에서 잠그고 나가 하루 종일 집에 남겨진 치매 환자가 불이 나면 어찌될지 끔찍하다. 그리고 혼자 배회하다 사고를 당하는 뉴스도 많이 접한다. 지켜도 사고가 일어나는 판국에 방치하면 어찌될지 모르겠다. 치매 환자 위치추적 팔찌나 목걸이가 나와줘야 하는 게 아닌가 싶다.

앞으로는 노령인구가 더 많이 늘어날 것이다. 그만큼 치매 환자 보호자의 정신건강 문제도 커질 것이다. 노령화도 문제고 치매 환자가 더 많이 늘어나면 나라의 근간을 흔들 만큼 경제적·사회적 비용이 커질 것이다.

이 나라의 앞날을 걱정하는 한 사람으로서 내 일이 아니라고 무관심한 사람들에게 말하고 싶다. 당신도 치매 환자가 될 수 있다고. 요즘은 나이와 상관없이 치매가 찾아온다. 죽음에는 순서가 없다는 말과 나이에 상관없이 소리 없이 찾아오는 게 치매라는 말은 사실이다.

13

⋮

낮도 밤도 새벽도 엄마는 사라진다

치매의 형태는 사람이나 환경에 따라 다르게 나타나지만, 밖에서 배회하는 경우가 많은 것 같다. 치매 환자 보호자들에게도 가장 힘들고 어려운 일이 이 일이다.

엄마가 처음 사라진 날은 집을 찾아올 만큼 인지능력이 있었다. 엄마는 미국 막내아들 집에서부터 생각했던 펌을 하려고 다니시던 미용실로 말없이 사라져 우리를 애태우게 하다 집으로 돌아왔다. 그러나 정상은 아니었다. 집으로 왔지만 말도 없이 빈손으로 미용실을 갔다는 것도 정상일 수 없었다.

치매 초기라고 믿어 엄마가 혼자 모임장소를 가겠다고 해서 보냈다.

"엄마, 모임 장소가 어디고 어떻게 가는 줄 아세요?"

"내가 바보로 보이니? 여기서 2호선 타고 시청역에서 내려 1호선으로 갈아타고, 내려서 조금만 걸어가면 고대 앞에 식당이 있어. 매달 가는데 왜 못 찾아가!"

그렇게 당당하게 집을 나간 엄마가 불안해서 도착할 시간
에 맞춰 엄마 친구에게 전화를 걸었다.

"우리 엄마 도착하셨어요?"

"아직 안 왔어. 좀 늦나 보지."

그런데 엄마는 1시간이 지나도 3시간이 지나도 전화도 안
받고 도착하지도 않았다고 했다.

"이제 안 되겠어요. 사실 엄마가 치매세요. 모임 날도 아닌
데 어느 땐 모임 연락을 받았다고 하세요. 경찰에 엄마 찾는
전화를 해놨으니 찾을 거예요. 앞으로는 못 나가실 것 같으니
모임 전화를 하지 말아 주세요."

112에서 전화 추적을 통해 엄마가 도봉역이라는 곳에 있다
는 것을 알았다. 그쪽 경찰들에게 보호를 부탁하고 동생이 모
시러 갔다. 엄마는 1호선을 타고는 어디 내릴지 잊고 한없이
갔던 모양이다. 엄마는 식사도 거른 채 몹시 불안한 상태였다
고 했다. 엄마의 가방에는 많지는 않아도 돈이 들어 있었는데
사서 먹는 것조차 할 수 없었다.

엄마를 찾았다는 안도감도 며칠 가지 못했다. 엄마가 또 순
식간에 사라진 것이다. 자주 사용하는 가방과 외출복 중 즐
겨 입던 보랏빛 롱파카가 없었다. 112에 다시 신고를 했다. 신
호가 성수역 쪽에서 잡힌다고 했다. 그런데 다시 전화가 와서
엄마와 같은 옷이나 차림새를 한 사람은 보이지 않는다고 했

다. 신호도 그쪽에서 사라졌다고 했다. 아마도 휴대폰 배터리가 없는 것 같다고 했다.

112에 신고가 되면 차림새, 나이, 이름이 경찰들에게 전달되기 때문에 쉽게 찾을 수 있다고 생각했다. 그런데 날이 어두워지고 나서는 스멀스멀 두려움이 몰려들었다. 애간장이 탈 무렵 한 아주머니가 전화를 걸어왔다. 엄마 목걸이에 적힌 내 전화번호를 보고 전화한 것이다. 너무 감사하고 고마웠다.

"아주머니, 정말 염치없는데요. 저희 엄마가 하루종일 아무것도 못 드셨을 거예요. 치매에 당뇨 환자라 당이 떨어지면 쓰러지실 수 있으니 따뜻한 초코우유 한 개만 사주실 수 있을까요? 엄마 가방에 돈이 있어요."

잠시 뒤 아주머니는 따뜻한 초코우유를 엄마가 달게 드셨고 자신이 그냥 사주셨다고 전화를 했다. 정말 감사한데, 부탁 하나만 더 드려도 되겠느냐고 물으니 주저 없이 그러겠다고 했다. 세상은 정말 살 만하다는 생각을 했다.

"지금 제가 모시러 가면 그동안 떨고 계실 수 있고, 또 어디로 갈 수도 있으니 택시 좀 잡아 태우시고 제 전화번호를 알려주세요."

택시기사와 통화를 하고 택시비를 10만 원 드리겠다고 했다. 돈은 아깝지 않았다. 엄마가 무사히 돌아오면 하는 마음뿐이었다. 아주머니에게도 시간 내서 직접 찾아뵙고 인사드리겠다고 했더니 누구나 그랬을 거라고 했다. 염려 말라고 해서 사례를 하려고 계좌번호라도 달라 했더니 아니라며 얼른 전화를 끊어버렸다.

눈 쌓인 길을 달려와준 택시기사 아저씨에게도 감사한 마음이었다. 그런데 택시 안에 대변 냄새가 나는 것 같다며 12만 원을 요구했다. 사실 미터기대로 하면 5만 원이면 충분할 터였다. 하지만 그저 모시고 와준 게 고마워 감사하다는 말을 수없이 하고 돈을 다 지불했다.

집으로 모셔와 따뜻한 물을 틀어놓고 옷을 벗겨보니 기저귀에 대변이 달라붙어 있었다. 아기 기저귀처럼 입는 기저귀라 밖에는 새지 않았다. 마침 아들이 집에 있어 지친 나 대신 할머니 머리를 감기고 대변 묻은 몸까지 깨끗이 닦아드렸다. 눈살 한 번 찡그리지 않고 당연하다는 듯 몸을 말리고 잠옷까지 입혀 누였다.

그러는 동안 나는 음식을 챙겼다. 아들은 할머니 힘드시니까 침대에서 드시게 하자고 했다. 그리고 쟁반에 받쳐 들고 가서 할머니의 밥을 떠먹였다. 후식까지 챙기고는 나에게 먼저 내려가 쉬라고 한 뒤 할머니가 잠드신 후에야 내려왔다. 나도 엄마 아버지가 할머니 할아버지께 하는 모습을 보고 자랐고, 이제 아들이 그러고 있어 흐뭇했다.

주위에서 다른 애들은 할머니 냄새나니까 빨리 요양원 보내라고 한단다. 그런데 내가 힘들어하면 언제든 나서서 이렇게 해주는 아들이 정말 고마웠다. 아이들은 부모를 보고 배우며 자란다는 할아버지 말씀이 맞는 것 같다.

이쯤 되자 우리는 경찰에 치매 등록을 했다. 그리고 한강이나 집 근처에만 있으니 더 밖으로 나가고 싶어 하는 게 아닌가 생각했다. 그래서 모처럼 엄마와 재래시장으로 향했다. 엄마가 좋아하는 재래시장이고 익숙한 공간이라 무척 즐거워했다. 그동안은 엄마가 몰래 시장을 찾아갔다가 엉뚱한 곳에서 헤매는 바람에 112의 도움을 받아야 했다.

엄마는 시장을 둘러보다가 인삼 집에 가자고 했다. 그러고는 재래시장 지하에 형성된 인삼 시장으로 앞장서 내려갔다. 수십 년 오랜 단골이던 인삼 가게로 직행했다. 주인은 엄마를 만나자 너무 반가워했다. 따뜻한 인삼차도 한잔 마시고 수삼을 사 가지고 나왔다. 꽃을 좋아해서 지하에 붙어 있는 단골 가게에서 꽃도 샀다.

"이제 밥 먹자. 예전에 먹었던 순댓국 먹고 싶어."

시장에 나올 때면 자주 가던 아우내 순댓국을 드시고 싶다 했다. 정말 배가 고프셨는지, 드시고 싶던 것이라서인지 평소답지 않게 한 그릇을 가볍게 비웠다.

"이 집 순댓국은 언제나 맛있어."

엄마가 만족해서 나는 가끔 이 집 순댓국을 사다 날랐다. 시장 안 닭집이 보이자 엄마는 닭발을 사자고 했다. 내 아들의 초등학교 친구 집이라 잘 아는 엄마의 단골집이었다.

나는 엄마가 가자고 하는 대로 물건도 사고 들고 다니며 따라다녔다. 그런데 다리가 아프니 빨리 집에 가자고 했다. 하지만 내가 계획하고 나온 게 아직 남아 있었다. 나는 단골 주단 가게로 향했고, 엄마는 주단집 간판을 읽더니 당당하게 안으로 들어갔다. 두 분은 서로 반가워했다.

"내 한복은 여기서만 했지?"

"네. 엄마가 바느질도 천도 좋은 것만 쓴다고 하셨어요."

엄마가 커피를 마시는 동안 나는 사장님에게 엄마 사정을 이야기하고 조각 천들을 부탁했다. 사장님은 색색의 모양도 제각각인 천 조각을 한 가방 주시고는 돈 지불도 거부했다.

"이 천 쓰레기들을 왜 가져가려고 해."

"엄마 예전에 조각보도 만드시고, 나 어려서는 아빠 글 쓸 때 쓰라고 팔꿈치 베개도 만드셨잖아요. 나 그거 꼭 갖고 싶어요."

사실 색색의 천을 자르고 이어 붙이는 일은 엄마의 치매에 아주 좋은 수업이었다. 뜨개질을 하게 했는데 이것이 더 효과적일 것 같았다.

뜨개질은 색깔도 모양도 여러 가지로 된 수세미를 뜨게 하고 그것을 선물하게 했다. 한동안은 뜨개질도 즐겁고 남에게 선물하는 것을 즐겼다. 그런데 갑자기 뜨개질은 안 하겠다고 했다. 그래서 찾아낸 것이 조각보였다. 시력이 좋아서 안경을 안 쓰고 책도 보고 바늘귀도 꿰시니 가능할 것 같았다.

특히 조각보는 색의 조화를 위해 색도 고르고 자르고 바느질을 하므로 뇌에 자극을 주어 좋다는 생각이었다. 치매가 멈추고 맑은 정신이 찾아오면 조각보 만들기를 하게 하고 멋지다고 부추겼다. 색의 조화를 맞추는 것도 재미난 모양이었다.

엄마는 바느질이 예전만 못했지만 조각을 이어 나갔다. 엄마는 새로운 일이 주어지면 열심히 했지만, 그 즐거움은 오래가지 못했다. 원예 치료를 위해 꾸민 옥상 텃밭도 잘 올라가지 않았고 내 일만 하나 늘어버렸다.

그래도 새로운 일에 흥미가 생기면 무작정 혼자 밖으로 나가는 일은 줄어들었다. 무엇이든 끝까지 해내던 엄마는 일의 집중력이 현저히 떨어졌다. 이제 모든 공부도 운동도 안 하겠다며 우울한 시간을 보냈다. 침대에 누워 음악을 듣거나 텔레비전을 보며 하루를 보낼 만큼 모든 것에 흥미를 잃었다. 집에서 한 발짝도 안 움직이고 떠 넣어주는 밥 몇 숟가락의 음식을 마지못해 드셨다.

그러나 내가 해줄 수 있는 일은 없었다. 그러던 중 엄마가 밤늦게 사라졌다. 동생과 나는 112에 거의 동시에 신고를 했고, 마침내 동생에게 연락이 왔다.

"누나, 엄마 구로역 파출소에 계신다네. 내가 지금 모시러 가고 있어."

엄마는 마지막 지하철을 타고 구로역에 내려 배회했던 모양이다. 올케와 동생이 엄마를 모셔 온 시간은 새벽 두 시였다. 왜 나갔느냐고 물으니 만날 사람이 있어서였다고만 하고 말문을 닫았다.

며칠간은 잠잠하더니 또 사라졌다가 돌아왔다. 손에는 호미 한 자루가 들려 있었다. 낮 동안에 사라지면 좀 기다리거나 가까운 곳으로 찾아 나섰다. 이번에는 마을 아저씨가 한강으로 가는 어머니를 보고 어딜 가냐고 물었다고 한다. 언제 돌아올지 몰라 이층으로 올라가 엄마를 기다렸다. 이번에는 사라진 지 오래 걸리지 않고 돌아왔다.

"엄마, 호미 들고 어디 다녀와요?"

"밭에 갔는데 웬 언덕이 생겼더라. 힘들게 올라갔는데 차들이 쌩쌩 다녀서 그냥 왔어."

엄마는 가까운 곳에 밭이 있다고 생각했다. 그래서 들깨 모종을 하러 갔단다. 언덕이라 하는 곳은 올림픽도로 아래 가파른 언덕을 힘겹게 올랐던 것이다. 엄마의 머릿속에는 어떤 생각이 자리하고 있는지 거리 감각도 없고 생각나면 무작정 나간다. 또한 시공간이 흩어져버려 수시간 거리에 있는 곳도 금방 갈 수 있고 가깝다고 믿었다.

새벽 5시! 겨우 잠이 들었는데 전화기가 울렸다.

"여기 중앙교회인데요. 제가 어머님을 모시고 있어요. 추위에 떨고 계셔서 교회 안으로 모시고 들어왔어요. 목걸이에 전화번호가 있어 편찮은 분이시구나 알았어요."

전화를 끊고 신호등 몇 개를 건너 달려가면서 쌩쌩 달리는 자동차들을 보니 가슴이 철렁했다.

"어떻게 이렇게 감사한 일을 하셨어요?"

"제가 새벽기도를 나왔는데, 삼성 4차 아파트 앞에서 서성이시다가 건너오시더라고요. 새벽예배를 나왔느냐고 물으니 아들네 집에 가신다는데, 잘 모르시더라고요."

"정말 감사합니다. 아들집은 삼성 래미안 3차예요. 갑자기 아들이 보고 싶으셨나 봐요. 생각이 나면 대책 없이 바로 나가세요."

엄마는 다행스럽게도 좋은 분을 만나 무사히 집으로 왔지만, 놀란 내 가슴은 바로 가라앉지 않았다. 그날 이후에도 내 감시망을 피해 엄마는 밤에도 낮에도 새벽에도 몰래 나가서 수시로 사라졌다. 아마 치매 가족들은 모두 공감할 것이다. 치매 가족을 묶어두거나 감금할 수도 없고, 잠깐 사이에 알 수 없는 곳으로 사라지는 치매 환자 때문에 가족들은 마음을 놓을 수가 없다.

14

⋮

나의 공황장애, 우울증, 불면증 진단

인간이 잠을 자지 못하는 것만큼 불행한 일은 없다. 평소에도 엄마 치매 간병을 하며 내게 우울증세가 있다는 것은 알고 있었다. 게다가 불규칙한 수면과 불면의 밤은 나를 너무 괴롭혔다. 그런데 비가 추적추적 내리던 밤, 엄마는 허리 통증과 두통을 호소하며 계속 호출했다. 나 역시 두통이 심해 엄마에게 근육이완제와 두통약을 드리고 나도 두통약을 먹었다.

1층 집으로 돌아와 평소에 훈련하던 호흡법을 하며 마음을 다스렸다. 그런데 갑자기 심장이 멎어버릴 것처럼 뛰었다. 또 간간이 통증도 찾아왔다. 내 정신은 오롯이 엄마를 향해 있었다. 그래서 내 건강을 돌볼 틈이 없었다. 뿐만 아니라 조울증 환자처럼 모든 것이 귀찮았다.

엄마와 지내는 동안 나는 갇혀만 지냈다. 삶에 대해 진지해져서라고 믿으려 했다. 그러나 이건 아닌 것 같았다. 나는 병을 앓고 있었다. 요양보호사가 오는 시간에 엄마를 맡기고 신경정신과를 찾아갔다.

"선생님, 제가 우울증과 조울증도 있고, 불면증도 있어요. 정확한 진단을 받고 싶어요."

진단지를 하나하나 작성해가면서 한숨이 나왔다. 어려서부터 폐쇄공포증이 있어 대학 시절에는 지하철에서 몇 번 쓰러져 가능하면 버스를 탔고, 어쩔 수 없이 수십 년을 내 자동차가 내 발이 되었다.

의사 선생님의 상담 진료가 시작되었다.

"선생님 저 많이 심각한가요?"

"생각하신 대로 우울증도 있고 공황장애, 조울증 복합증상이에요."

신경정신과에서 처방된 약을 먹으면서부터 마음이 많이 편해졌다. 숨쉬기도 편했다. 급성 심근경색으로 심장 시술을 받았던 터라 심장이 조금이라도 불편하면 겁부터 났다.

사람들은 내게 명줄이 긴 사람이라고 했다.

엄마가 치매에 걸리기 3년 전쯤 명절에 "넌 할 일도 없으니 화성 농장에 가서 채소와 고추를 따가지고 오라"고 했다. 드라이브 삼아 농장에 갔다가 말벌집이 있는 줄도 모르고 들어간 곳에서 수십 마리의 말벌에 쏘였다. 말벌의 치명타에 대해 잘 아는지라 바로 바닥에 엎드려 119에 전화를 하고 정확한 주소지와 상태를 알렸다.

"앞에 아무것도 안 보이고 오팔 빛만 보여요."

정신이 점점 흐려져가는데 마을 쪽에서 엠뷸런스 소리가 들렸다. 주차해놓은 차 근처까지 기어간다고 갔는데 당도하지 못한 채 의식을 잃은 모양이었다. 눈을 떴을 때는 다음 날 새벽 화성중앙병원 응급실이었다. 의사와 간호사들이 나를 지켜보고 있었다. 벌에 대한 면역 항체가 있어 이렇게 살아났다고 했다. 어려서 할아버지가 돌아가시기 전까지 우리를 위해 토종벌을 많이 키우셔서 벌에 자주 쏘인 덕택이었다. 할아버지 장지에서 돌아오니 그 토종벌들이 모두 떠나고 없었다. 지금도 그 점이 궁금하다. 할아버지 장례기간 동안 몸에 흰 띠를 두른 걸 보고 사람들이 영물이라고 했었다.

말벌에 물린 상처는 지금도 움푹 파인 채 그날을 증명하고 있다. 두 달간의 치료 끝에 상처가 아물었다. 사람들은 그 많은 벌침을 맞았으니 장수하겠다고 했지만 내 몸은 그렇지 않았다. 급성으로 심근경색이 찾아왔다. 올림픽도로를 겨우 빠져나와 급체인 줄 알고 단골 신세계한의원으로 갔다. 원장은 진맥하고 다리에 침을 꽂으며 119를 외쳤다. 그리고 내 의식이 돌아온 것은 성심병원 수술대 위에서였다. 한의원에서 성심병원까지는 길어야 2분 정도였을 것이다. 내가 살 운명이었는지 마침 수술대가 비어 있었고 수술진은 옷을 벗지 않은 상태였다고 한다. 내가 들어가기 바로 전에 26세의 청년이 수술대 위에서 막 숨을 거둔 상태여서 급한 대로 내 손을 잡고 사인을 한 채 수술에 임했단다. 수술 중에 갑자기 시원하게 숨이 쉬어지고 주변이 눈에 들어왔다.

수술 이후부터 나는 수면제를 먹어야 잠이 들었다. 수면제는 다른 약들처럼 3개월분을 처방 받았다. 나는 두 번의 죽음 앞에서 살아 나왔고, 남은 생은 덤이란 생각을 했다. 또 나는 하느님께서 나를 크게 쓰시기 위해 두 번이나 살려주셨다고 생각했다. 그래서 이후 더 열심히 살고 마음 수행을 위해 중단했던 호흡법도 시작했다. 그런데 치매 엄마와 생활하면서 내 의지도 생각도 다 무너져버렸다. 난 강한 사람이라고 생각했지만 신경정신과 선생님을 스스로 찾아 간 것은 더 이상 내가 나를 컨트롤할 수 없었기 때문이다.

치매 환자를 돌보는 사람은 참지 말고 신경정신과를 찾아가라고 말하고 싶다. 치매 환자를 돌보다 보면 참을성과 인내심이 요구된다. 자신을 억누를 수밖에 없다. 이런 것들이 쌓이면 자신도 모르게 정신과 치료를 받아야 할 순간이 온다.

정신건강 잡지를 창간하면서부터 나는 현대인은 신경정신과를 치과나 내과, 이비인후과를 가듯 쉽게 갈 수 있어야 된다고 강조했다. 아직도 신경정신과에 다니는 것을 이상한 시선으로 바라보는 것은 잘못이다. 우울증은 정말 정신적인 감기와 같다. 주위의 시선을 두려워할 필요도 없다. 요즘 현대인들의 스트레스는 극에 달해 자기 자신을 위해 꼭 필요한 곳이 신경정신과다.

내가 다니는 신경정신과에는 어린아이도 있고 회사원, 주부, 노인에 이르기까지 다양한 사람들이 찾아온다. 그들 모두의 사연은 달라도 자신의 정신건강을 위해 찾아온다. 예전과 많이 달라진 사람들의 인식을 엿볼 수 있어 좋다. 자신의 정신건강을 내버려두지 않고 병원을 찾는 것은 자신을 사랑하는 일이기도 하다.

내 우울증으로 인해 본인도 힘들지만 주위 사람들도 힘들게 할 수 있다. 특히 치매 환자를 돌보는 사람들은 정신적으로 더 힘들고 스트레스도 많다. 치매 환자를 위해서도 육체적·정신적 건강을 잘 챙겨야 한다.

치매는 나라가 책임지겠다고만 하지 말고 치매 가족의 정신건강도 나라가 챙겨줘야 한다는 것이 내 생각이다. 치매 간병 가족에게 우울증이나 조울증이 있다면 치매 환자에게 미치는 영향이 크기 때문이다.

이 글을 쓰는 지금, 엄마는 스스로 만족하는 아주 좋은 요양원에 계신다. 나는 아직도 신경정신과의 조력을 받고 있다. 엄마가 요양원으로 간 뒤 박탈감 트라우마가 나를 너무 괴롭혔다. 무엇을 하려 해도 마음뿐 몸이 뒤따라주지 않았다. 갇혀만 지내던 나는 혼자 외출하기도 두려웠다. 또 빨리 집에 가서 엄마를 돌봐야 한다는 생각에 집으로 달려가기도 했다. 그리고 비어 있는 이층을 볼 때마다 엄마가 나를 찾는 것 같아 빈집 문을 열어보고는 다시 현실로 돌아왔다. 그렇게 5개월 남

짓 시달렸다. 그리고 이제야 엄마와 지낸 5년을 쓸 용기가 생
겼다. 아마도 신경정신과 의사의 도움이 없었다면 난 견디기
힘들었을 것이다.

15

⋮

팔이 부러지고 허리까지 부러지다

사람들은 집에 있는 노모가 왜 팔이며 허리가 왜 부러지느냐고 말한다. 그럼 내가 일부러 그랬단 말인가! 내 잘못도 아닌데 내가 죄인이 됐다.

엄마는 밤새 주무시지 않고 뭘 드시거나 집 안을 어지럽혔다. 그리고 아침쯤 잠이 들어서 낮이면 잠에서 깨어나지 못해 엄마의 모든 프로그램이 중단됐다. 뿐만 아니라 낮에는 비몽사몽 중에 정신도 못 차리고 기운 없어 했다.

엄마를 담당한 정지향 박사님이 저녁 치매를 잠재울 약과 수면제를 처방해주었다. 한동안 수면제는 안 드리고 치매가 안정될 약만 드렸는데 약이 효과를 보는 것 같았다. 그런데 오래잖아 집 안을 배회하고 만들지도 못하는 음식을 만드느라 잠을 못 잤다. 할 수 없이 수면제 반 개를 드렸더니 하루 이틀은 잘 잤다.

그런 시간이 지나자 다시 예전처럼 쿵쾅거리며 옷방에 들어가 가방을 쌌다. 집에 가려고 한다고 했다. 그러다가 어떤 날은 곱게 옷을 갈아입고 화장까지 하고는 노인대학 간다며 새벽에 집을 나서는 일이 수도 없었다. 어느 때는 엄마 고집을 못 꺾고 함께 나가 텅 빈 지하철역을 보여주며 지금은 새벽이라고 알려주기도 했다. 하지만 이런 일도 소용이 없었다.

할 수 없이 수면제 한 알을 드시게 했다. 그랬더니 숙면을 하기 시작했다. 엄마가 잠든 모습을 보고 내 집으로 발길을 옮기다 보면 또 새벽이었다. 내게 새벽은 공포였다.

'그래. 한 알은 드셔야겠어.'

며칠간 수면제 한 알을 먹고 잠들어서 한시름 놓았다고 생각했다. 나 역시 수면제 없이 잠들기란 하늘의 별 따기였다. 나는 한 알 반, 두 알을 먹어야 겨우 숙면을 취했다. 그렇게 우리 모녀가 수면제에 의지한 며칠은 마음 졸이는 일 없이 흘러갔다. 이런 날들만 이어진다면 살 것 같았다.

그런데 내 예상을 뒤엎고 엄마는 현실의 강을 뛰어넘어 다시 과거와 혼돈의 시간 속으로 빠져들었다. 수면제를 먹고 잠들었는데 얼마 안 돼서 쿵쾅거리고 돌아다녀서 올라가보면, 혼자 무어라 중얼거리며 이 방 저 방을 배회했다.

"엄마, 수면제를 드셨으면 주무셔야지 왜 이러세요?"

정신은 이미 현실에서 가출 중인 엄마를 부둥켜안고 울기 쑤셨다. 늦은 새벽 겨우 안아서 침대에 누이고 돌아오면 온몸에서 기가 다 빠져나갔다. 그렇게 실랑이를 할 때면 어디서 그런 괴력이 나오는지 나를 밀어붙여 머리에 혹이 생기기도 했다.

엄마는 꼭 귀신에 쓰인 사람처럼 행동했다. 나를 죽여버리겠다고 칼을 빼드는가 하면, 머리맡에 칼을 숨겨놓아 요양보호사가 기겁한 일도 있었다. 엄마의 알 수 없는 분노는 끝내 일을 저지르고 말았다. 억울한 일을 당해도 누구에게 소리 한 번 못 지르던 엄마가 소리를 지르고 악을 써대며 비틀거렸다. 그럴 때마다 올라가 엄마가 나 어릴 적 불러주던 노래를 함께 불렀다.

"해는 져서 어두운데 찾아오는 사람 없어 둥근 달만 쳐다보니……."

노래를 여러 번 부르다 조용해서 보면 잠이 들어서 살금살금 문을 닫고 집으로 내려왔다. 다음 날도 그 다음 날도 자장가처럼 못 부르는 내 노래가 이어졌다.

"넌 그 노래밖에 생각 안 나니? 내가 그때 부른 노래는 네 할머니 시집살이가 힘들어서 부르던 노래야. 부르지 마."

"그랬구나. 어쩐지 노래가 슬펐어. 나도 할머니가 너무 미웠어."

"그런데 넌 네 할미를 꼭 닮았어."

"나 아빠 닮았어. 사람들도 날 보면 아빠 생각난다고 말했어. 이미 돌아가신 분 불러내서 따질 일도 아니잖아."

"누가 얼굴 닮았다니? 성질머리를 쏙 빼닮았지."

엄마가 가지고 있던 할머니에 대한 분노, 바람피운 아버지

2부 엄마, 아기가 되다 113

때문에 속 썩인 분노, 서러웠던 어린 시절 이야기를 밤새워 들어주고 맞장구치며 엄마를 달랬다.

"엄마 그럼 다른 노래로 바꾸자."

나는 엄마가 조용조용 들려줬던 노래를 기억해내 불렀다. 참들 때까지 몇 번이고.

"엄마가 섬 그늘에…….'

"넓고 넓은 바닷가에 오막살이 집 한 채…….'

엄마의 마음이 풀어질 때면 잠이 오는지 눈을 감은 채 졸린 음성으로 말했다.

"어서 내려가 자. 너도 자야 살지. 불쌍한 것.'

"내가 왜 불쌍해, 엄마.'

"꿈에 이 서방이 왔더라. 요즘도 연락 안 하지? 독한 녀석이야. 생과부로 만들고 베트남에 살림 차린 건 아닌지 몰라.'

"집에 갔을 때 여자 흔적은 없었어. 나한텐 아들이 옆에 있는데 살림 차리면 또 어때. 그 사람도 즐겁게 살아야지. 엄마, 난 죽어도 이혼 같은 건 안 해. 이혼 절차도 복잡하고 유산은 내가 받아야지. 내 아들이 떡 버티고 있는데. 난 자유롭고 좋아. 내가 이 서방 따라가 살았으면 엄마랑 이렇게 못 있지. 안 그래요? 그러니까 생각하지 마셔.'

"그래야지.'

"엄마, 그런데 왜 엊그제 새벽에 작은아들 온다고 골목 나가 보라고 했어요?'

"온다고 했어. 전화 왔다니까? 저 골목에서 날 불렀어."

새벽에 호출하더니 외국에 살고 있는 둘째 아들이 오니까 마중 좀 나가보라고 했다. 아마도 보고 싶어서 꿈을 꾼 모양인데 현실이라고 우겼다. 아들이 보고 싶어 그러나 싶어 둘째와 영상통화를 하게 해드렸다.

"너 왜 온다고 하고 안 왔어? 내가 골목 들어서는 것 봤는데……."

"엄마, 여기 일이 바빠서 못 갔어요."

"일은 잘되고? 종업원들 속 안 썩여? 건강하고 공장만 잘 돌아가면 됐어."

엄마는 둘째 아들, 막내아들과 연달아 영상통화를 하고는 기분이 좋아졌다. 스스로 수면제를 달라고 해서 드렸더니 내려가 자라고 했다.

나도 심신이 지쳐 수면제 한 알에 깊이 잠들었다가 화장실 가려고 눈을 뜨니 위층에서 쿵 하는 소리가 들렸다. 놀라서 뛰어 올라가보니 엄마가 문턱에 허리가 걸린 채 아프다고 아우성이었다. 사실 얼마 전 다친 팔의 깁스도 풀지 않은 상황이었다. 처음에는 부러진 팔을 또 다친 줄 알았는데, 이번엔 일어나 앉지도 못할 만큼 허리가 아파서 못 움직인다고 했다.

날이 밝자마자 목동 이대병원으로 옮겨 여러 검사와 촬영 끝에 허리가 부러졌다는 결과가 나왔다. 치료 후 깁스를 해야 했다. 허리에 깁스를 하고 마음대로 움직이지도 못하는데 아프기까지 하니 짜증과 어리광이 늘어갔다. 그리고 답답한지 아무도 눈에 보이지 않으면 깁스를 풀어버렸다. 일반적인 깁스가 아니라 플라스틱으로 엄마 몸에 맞춤으로 제작된 것이었다. 목욕 때마다 풀고 다시 채우는 것을 보고 따라 한 것이다.

엄마는 방법을 터득한 뒤 자주 풀고 누워 있었다. 그리고 아프다고 앉지도 않으려 하고, 목욕하는 것도 싫다고 해서 요양보호사가 어르고 달래 겨우 해결했다. 내가 만만한지 나한테는 화만 내고 고집을 꺾지 않았다. 조금만 아프면 요양보호사를 앞세워 한의원, 정형외과를 들락 거렸다.

처음에는 정형외과에서 대여해준 휠체어를 타고 다니다가 손자 등에 업혀 가더니 조금씩 걸었다. 그런데 걸음걸이가 예전 같지 않았다. 한동안 누워만 있고 운동도 안 해서 그런 것 같았다. 그래서 집 안에서 운동을 시키려 해보았지만 절대 안 하겠다고 고집을 부렸다.

허리가 부러지면서 몰래 집을 빠져나가는 일은 사라졌다. 하지만 쿵쾅거리는 소리만 나면 또 어디 다칠까 봐 달려 올라가야 했다. 음식을 먹을 때도 누군가가 입에 넣어줘야 먹고, 아프지 않은 오른손도 사용하지 않으려 했다.

밤낮없이 새벽에도 사라지던 엄마에게 남은 것은 짜증과 식사 거부였다. 또 뭐든 싫다고 했다. 집 안은 항상 우울했다. 언제 웃어 보았는지 생각도 안 났다.

16

...

요양병원에 입원해 재활치료를 받다

엄마는 그 무더운 여름에도 이불을 걷지 못하게 하고 에어
컨도 못 켜게 했다. 비라도 내리면 춥다고 전기장판을 켜라
했다. 한동안 늘었던 체중도 다시 원상복귀해 43kg이 됐다.
도무지 먹고 싶지가 않다고 했다. 면역력이 약해져 항상 혀가
아프다고 매운 음식은 전혀 안 먹었다. 그러면서도 더 짜게,
더 달게를 식사시간마다 외쳤다. 한 숟가락이라도 더 드시게
하려면 엄마 말을 들어줄 수밖에 없었다.

식사도 잘 안 하고 우울증이 생긴 것 같은데 운동까지 거부
하니 방법이 없었다. 이대로는 엄마가 잘못될 수도 있고 육체
적 건강을 잃어버리면 되돌릴 수 없다고 판단했다. 치매는 고
칠 수 없지만 육체적 건강은 어떻게든 지켜내야 하는 것이 내
임무였다.

"엄마, 이러고 누워서 아무것도 안 하면 엄마 뼈가 오므라들

지도 펴지지도 않아요."

"이렇게 죽게 놔둬."

휙 돌아누운 엄마는 깁스도 풀었는데 여전히 운동을 거부했다.

"그럼 엄마가 이렇게 돌아가시면 관에 반듯하게 못 누우셔. 팔다리 꺾어서 들어가시려고요?"

더 이상 이대로 둘 수 없어 집에서 가까운 노인요양 재활병원에 전화를 돌렸다. 그런데 간병비, 재활치료 30분당 3만원·1시간 6만 원, 인지치료비 30분당 3만 원, 식사비 기타 하면 한 달 의료비가 600만 원이 기본이라고 했다. 여러 곳을 알아보았지만 거의 비슷한 수준이었다. 그래서 친구와 선배들에게 도움을 청했다.

뜻이 있는 곳에 길이 있다고 했던가. 지인의 지인이 병원 이사장이고 원장인 신화 노인요양 재활병원에서 최소의 경비로 받아주기로 했다.

동생과 상의해 엄마를 그곳에 입원시키기로 했다.

"나 요양원 가느니 죽어버린다고 했지? 난 안 갈 거야!"

"엄마, 거기는 요양원이 아니라 재활병원이에요. 엄마가 허리 아프지 않게 입원 치료를 하면서 걷게 해주는 곳이라고요. 교통사고 나서도 거기 입원했었잖아요."

엄마는 그제야 가겠다고 했다. 엄마에게 강제나 보호자 직권남용 따위는 절대 통하지 않았다. 남동생과 함께 엄마를 입원시키고 돌아서 나오는데, 복도 안쪽 방에서 시신 한 구가 영안실을 향해 갔다. 오랜 요양 기간에 지친 탓인지 가족들의 울음소리 한 번 흘러나오지 않고 한두 명의 보호자가 뒤를 따랐다.

그렇게 엄마의 요양재활병원의 밤이 흐르고, 나도 엄마 없는 밤을 보냈다. 그리고 아침 7시. 동생에게서 전화가 왔다.

"엄마가 6시에 전화해서 누나 데리고 빨리 오래. 나 오늘 해외 출장인데 내가 데리러 갈게."

동생은 행정실장에게 찾아갔다.

"제가 남미 출장을 떠나서 퇴원하실 무렵에나 오니까 누나와 상의해주세요. 그리고 엄마가 식사를 잘 못하시고 기력이 없으시니 링거를 꾸준히 놓아주세요. 식사도 입에 안 맞으면 제일 좋은 특식으로 주시고요."

동생은 간호사들과 담당 요양보호사에게도 사례를 하고 부탁을 잊지 않았다.

"누나가 따로 사례 안 해도 돼. 내가 충분히 했어. 엄마, 저 남미 출장가요. 막내랑 둘째네도 들를 거예요. 엄마 퇴원 전에 오니까 그때까지 잘 걸으셔야 해요."

그날 동생을 보내고 나니 마음 한 귀퉁이에 바람이 휙 하고 지나갔다. 무슨 일만 있으면 의지하고 상의하던 동생이 한 달 동안 지구 반대편에 있다고 생각하니 두렵기도 했다. 남미 유학 중이어서 아버지 장례도 못 치른 동생인데, 이제 돌아가신

아버지 나이에 가까워져 나와 엄마, 우리 형제들의 기둥이 되어 있다.

드디어 엄마의 재활 생활이 시작되었다. 재활치료실에서 재활운동을 하고, 인지치료실에서 체계적인 치료가 시작됐다.

"나 인지치료실에서 시시한 거 하기 싫은데 자꾸 하라 한다."

엄마의 말에 인지치료실에 따라가보았다. 엄마에게는 정말 애들 장난 같은 것들이었다. 집에서 인지치료를 할 때와 비교하니 수준이 너무 낮았다. 엄마는 의자에 앉아 졸다가 가기 일쑤라고 했다. 치료 내용이 유아원 놀이 정도였다. 엄마가 그럴 만도 했다. 그래도 병원 전문인력이니 아무 말도 하지 않았다. 어쨌든 운동 재활치료는 정말 열심히 했다.

보름쯤 지났을 때는 제법 잘 걸었다. 그런데도 화장실에 안 가고 이동변기를 대령하라고 했다. 엄마는 그 병실 안의 왕이 되었다. 움직일 수 없는 환자, 치매와 더불어 몸이 굳어 유동식만 먹고 마음대로 돌아눕지도 못하는 환자, 치매가 심해 누워만 있는 분들이다.

그러던 어느 날 정신은 온전한데 골절로 걷지 못하는 환자가 들어왔다. 엄마 자신은 환자가 아니었다. 다른 환자들을 놀리거나 귀찮게 해서 병실이 시끄럽다고 했다. 엄마를 달랬지만 소용이 없었다.

"내가 없는 말 했냐? 다리병신을 다리병신이라고 했지."

정말 대책이 없었다. 자신이 먹는 특식이 맛없어서 요양보호사에게 주고 자기에게 김치와 밥을 달라고 하거나 옆의 할 머니에게 물김치나 달라고 한다는 것이다. 병원 규칙상 음식을 반입할 수 없어 설명을 했지만 해 오라는 음식의 가짓수는 늘어만 갔다. 먹고 싶다고 해놓고 한두 젓가락 드시면 끝이었다.

요양보호사의 말로는 엄마가 그 방의 조폭이라고 했다. 자신이 원하는 것이 있으면 아무 말도 통하지 않는단다. 뭐든 엄마 말에 따라야 한단다. 다른 보호자가 떡을 가져왔는데, "저 떡 좀 가져와" 하고 너무 당당하게 말했다고 했다. 요양보호사에게도 보호자에게도 미안해서 당장 나가서 여러 종류의 떡과 주전부리를 사 왔다.

간호사가 링거를 가지고 들어오자 벌떡 일어나 앉더니 갑자기 소릴 질렀다.

"나가! 나 주사 맞기 싫어. 왜 나만 주사를 놓는 거야?"

"할머니가 식사를 너무 안 하시니까 링거를 놓는 거예요."

"나 밥 먹어. 맛없는 밥만 주니까 안 먹지."

간호사는 엄마가 자꾸 링거를 거부하시니 2~3일에 한 번씩 시간을 두고 맞는 것이 어떻겠냐고 했다.

"엄마가 밥 잘 드시면 링거 줄일 거고, 아주 잘 드시면 링거 안 맞아도 돼요. 링거에 허리 안 아프게 하는 약도 들어가니까 오늘까지는 맞아야 해요."

엄마를 달래거나 피해를 받은 주위 분들에게 사과를 하는 것이 내 임무가 되었다.

엄마는 매일 휠체어를 타고 공원 산책을 하다가도 눈에 음식점 간판이 들어오면 가자고 했다.

"야, 저기 중화요리집 있다. 짜장면 먹자."

그래서 힘들게 휠체어를 밀고 중화요리집에 가서 음식을 시키면 이 집 맛없다고 나가자 했다.

"맛만 있구만. 난 배고파서 먹고 갈 거야."

내 엄마지만 자기밖에 모르는 것이 정말 미웠다.

"시장에 한번 가보자. 시장에 입맛 도는 게 있을지도 모르니까."

"엄마, 휠체어 타고는 여기서 시장까지 못 가요."

"멀어?"

"멀기도 하고 너무 힘들어요. 드시고 싶은 게 있으면 말씀하세요. 사다 드릴게요."

"아냐. 나 누울 거야. 들어가."

엄마는 자신이 원하는 것을 모두 다 하려 했다. 그동안 말 못하고 하고 싶어도 못했던 것들을 소원 풀이 하듯 다 하려고 했다. 이렇게 해서라도 엄마의 응어리진 마음을 풀 수 있다면 다 해드려야 한다고 생각했다.

점심을 먹고 산책을 나와서도 갈비를 먹고 싶다고 하거나 칼국수집에 가자고 하고는 맛만 보면 끝이었다. 엄마의 머릿속에는 현실이 존재하지 않고, 즉흥적이고 감정적으로 변해

가는 것 같았다. 그래서 스트레스가 없는 것도 다행이라는 생각이었다. 무엇보다 이성이 점점 사라지고 본능에 의지해 사는 것 같아 안타깝기도 하다.

재활병원에 입원한 지 보름이 넘어가면서 걷는 모습이 안정적으로 변해갔다. 틈틈이 동영상을 찍어 가족 카카오톡 방에 올렸는데, 이것은 엄마 담당인 정지향 교수님이 동영상을 찍으라고 해서 시작됐다. 교수님도 엄마가 걷는 모습을 보고 많이 좋아졌다고 했다.

엄마의 퇴원이 다가오고 있었고 해외 출장을 갔던 동생이 돌아올 시간도 다가왔다. 이제 다시 운동도 할 수 있고 산책도 할 수 있다는 것이 기뻤다. 요양재활병원에 한 달간 입원한 효과는 꽤 컸다.

입원해 있는 동안 엄마는 자신이 키우다시피 한 손자가 올 때 가장 활짝 웃었다. 유머도 있고 엄마가 좋아하는 꽃을 사 들고 오는 것도 좋은 모양이었다.

"모리도 좀 데려와. 보고 싶어."

"엄마, 강아지는 병원에 못 들어와요. 며칠 지나면 집에 가니까 그때까지만 기다리세요. 다시 모리랑 산책도 나가시구요."

나의 강아지 모리는 할머니의 벗이었고 할머니 산책 담당이었다.

엄마는 정들었던 할머니들에게 빨리 나아 퇴원하라며 입원실을 나왔다.

엄마가 퇴원하는 날에도 어느 방에서 시신이 나왔다.

"저기 봐. 여기 오래 있으면 시체만 보게 된다. 난 요양원은 절대 안 갈 거야."

"엄마, 여긴 요양원이 아니라 병원이에요."

"암튼 난 이런 데 다시는 안 올 거야."

엄마는 단호하게 말했다.

"나 요양원 보내면 죽어버릴 거야. 한강에 뛰어들든 목을 매든 절대 안 가."

엄마는 요양원에 대한 인식이 아주 나빴다. 당숙 어른 부부가 친척들과 아들들에 의해 영문도 모르고 먼 요양원으로 갔다. 요양원에 간 지 얼마 안 돼서 두 분은 한두 달 사이에 모두 돌아가셨다. 그래서 엄마는 요양원은 죽어 나오는 곳이라고 생각했다. 특히 뉴스는 꼭 챙겨보는데, 열악한 요양원의 안 좋은 모습이 엄마의 뇌리에 깊이 박혀 있었다.

17

⋮

점점 심해지는 치매, 의사는 나의 조력자

계절이 몇 번 바뀌었는지, 오늘이 며칠인지도 모르고 시간
은 흘러갔다. 꽃이 피는지, 낙엽이 지는지 계절 감각도 사라졌
다. 엄마만 바라보며 사는 내 인생이 당연하다고 생각했다. 그
많은 지인들과도 연락을 끊고 칩거에 들어갔다. 나를 보고 싶
어 하는 친한 지인들의 연락은 받았다.

"나 창살 없는 감옥 살잖아. 보고 싶으면 면회 와."

그러다 보니 친구나 선배, 후배들도 우리 집에 올 때면 전화
를 걸어 묻곤 했다.

"오늘 면회 가는데 필요한 거 있으면 차입할게."

친구들은 엄마가 좋아할 만한 것들을 사들고 자주 면회를
왔다. 그러나 엄마는 그동안 잘 알아보던 친구들을 절반도 기
억하지 못했다. 엄마 음식이 맛있다고 자주 찾아오던 친구들
도 기억하지 못했다.

친구들 중에는 엄마가 안 계신 친구도 있어서 치매지만 엄마가 곁에 있는 것만으로도 나는 행복한 사람이라고 했다. 나역시 엄마를 매일 볼 수 있는 것만으로 감사했다. 그래서 자진해서 엄마와 살기로 했다. 내 외출은 물론 모든 걸 잊고 살기로 한 것이다. 엄마가 치매 자체 때문에 돌아가실 확률은 높지 않다고 생각했다. 치매로 인해 일어나는 사고와 다른 병들로 힘들 것이라고 믿었다. 엄마를 모시기로 했으니 건강하게 모셔야 했다. 어디를 다치거나 아프면 내 탓이었다. 그래서 드시는 것, 건강식품, 인지활동, 운동에 매진할 수밖에 없었다. 기분 좋은 날이면 엄마는 내 손을 잡고 고생한다고도 했다. 내가 딸이 없어 뒷날이 걱정이라고도 했다.

"그놈의 강아지를 20년 넘게 키우느니 딸 하나 입양하라 했더니 말 안 듣고 넌 어쩔래. 그때 딸을 입양했으면 지금은 대학생이 되었을 텐데. 불쌍한 것! 아들도 있어야 하지만 딸이 있어야 든든해. 난 너 없었으면 진즉 잘못됐을 거다. 네가 있어 심심하지도 않았고 혼자 병원도 안 다니고……."

그랬다. 엄마는 며느리들에게는 힘든 일이나 궂은일을 절대 안 시켰다. 병원도 꼭 날 동행시켰다. 농장에 갈 때도 며느리들은 피부 탄다며 운전을 안 시키고 나만 데리고 다녔다. 난 채소도 안 좋아하는데 심고 가꾸고 거두어 집집마다 날라야했다. 그럴 때마다 친구들은 우리 엄마가 계모 아니냐고 했다.

명절에 아들 집에 가도 며느리 쉬어야 한다며 주무시지도 않고 내게 운전을 시켰다. 뿐만 아니라 어느 아들과도 안 살겠다고 선언했다. 며느리들에게 절대 시집살이 따위는 안 시키겠다고 선언도 했다.

아빠가 돌아가시고 동생들 대학이며 유학까지 챙기느라 나는 없었다. 이제 숨 좀 쉬는가 싶었는데 엄마가 치매라니! 나는 일찍 세상 떠난 아빠를 원망하기에 이르렀다. 그런데 어느 날 옛것들을 정리하다 아빠의 친필 편지 한 장을 발견하고는 울컥 눈물을 쏟았다. 아빠에 대한 그리움이 몰려왔다.

아빠의 편지를 들고 2층 엄마에게 뛰어 올라갔다.

"엄마, 아빠가 보낸 편지 한 장을 발견했어요. 우리 아빠가 원래 글씨를 잘 썼지요? 난 아빠가 쓰고 그린 시집을 보관하지 못한 게 후회돼요. 엄마, 아빠 편지 보여주려고 가져왔어요."

엄마는 아빠의 편지를 읽어 내려가며 아무 말이 없었다. 한참 후 생각이 잠기더니 옛날을 회상했다.

"네 아빠, 명필이었지. 연설도 잘하고. 너한테 이런 편지를 쓴 줄은 몰랐구나. 공부 잘하는 자식들이 자랑스러웠던나 보다. 내색은 안 했지만 너희들을 엄청 사랑했네."

사실 내게 아빠는 하숙집 아저씨 같았다. 바깥일로 늘 바쁘고 가족보다 남들에게 잘해서 아빠들은 자상하다는 것을 몰랐다. 아빠들은 모두 우리 아빠처럼 권위적이고 무관심한 것으로 알고 살았다. 아빠는 엄마에게도 우리에게도 무관심했다. 자신의 일, 자신의 관심사만 아빠의 것이었다. 외아들인 아빠는 자신이 하고 싶은 일에는 다른 사람의 눈치를 보지 않았다. 지금 생각해보면 자신밖에 모르는 사람이었다.

그래서 엄마는 가정과 가족을 모두 책임진 채 무거운 짐을 지고 살아왔다. 치매가 온 지금, 엄마는 이 모든 것을 훌훌 털어버리고 싶은지도 모르겠다.

치매 진단 후 몇 년의 시간이 흐르면서 엄마의 치매는 더 심해지고 정신이 맑은 시간도 줄어들었다. 엄마의 진료가 있던 날, 정지향 교수님께 밤이면 심해지는 엄마의 행동장애를 어쩌면 좋을지 물었다. 그랬더니 저녁에 먹을 약을 더 처방해주며 밤에 좀 안정이 되실 거라고 했다. 정말 기적처럼 저녁의 이상행동이 사라졌다. 치매 환자의 행동을 '치매니까' 하고 치부할 게 아니었다. 잘 관찰하고 담당의사와의 상담을 통해 개선 방안을 마련해야 한다. 치매 담당의사는 치매 가족과 치매 환자를 적극적으로 돕는 사람이었다. 나는 작은 일도 교수님에게 알리고 항상 도움을 청했고, 그때마다 도움을 주었다.

밤마다 찾아오던 엄마의 행동장애는 약을 먹고 한동안 조용해졌다. 하지만 약의 효과가 떨어진 건지 내성이 생긴 건지 다시 이상행동이 시작됐다. 치매 환자의 치매 행동이 언제 일어날지만 알게 된다면 보호자들이 좀 편할 것이다. 그러나 언제 치매 행동이 있을지는 그 누구도 알 수 없다. 엄마를 몇 년간 지켜보면서 느낀 것은 날씨가 흐린 날 치매 행동이 더 심해진다는 것이었다. 또 계절이 바뀔 때도 치매 행동에 변화가 왔다. 습도가 높을 때는 부러진 허리와 부러진 팔이 너무 아프다고 했다. 아픔을 호소할 때 근육이완제와 진통제를 드리면 좀 나아졌다.

엄마의 치매 행동은 점점 심해져서 내 엄마인지 영화 속에나 나오는 빙의된 사람인지 알 수가 없을 정도였다. 치매 행동이 시작되면 음식을 꺼내서 조금만 먹고 아무 데나 버렸고, 과일도 한 입 베어 먹고 수북이 버려놓았다.

"엄마 한 번 베어 먹고 이렇게 버리면 어떡해요? 먹는 걸 이렇게 낭비하면 아들 돈을 버리는 건데 왜 그러세요?"

엄마에게 이런 호소를 할 때면 갑자기 독기 어린 눈으로 노려보며 죽여버리겠다고 칼을 빼들고 휘둘렀다. 평소의 엄마라면 도저히 있을 수 없는 일이었다. 그뿐만이 아니었다. 밤늦게까지 쿵쿵대며 돌아다니면 불안해서 이층으로 달려갔다. 올라가서 보면 옷장의 옷들을 모두 꺼내놓고 이것저것 패션쇼 하듯 옷을 입었다 벗었다 했다. 그리고 끝내는 계절과 전혀 상관없는 옷을 입었다. 한여름에 겨울 외투를 입거나 한겨울에 여름 옷을 입는 식이었다. 그러고는 외출 준비를 했다.

"엄마, 지금 새벽 3시인데 어디를 가려고요?"

"내가 어딜 가든 네가 무슨 상관이야?"

엄마의 가방 안에는 도시락이 있었고, 과일이며 과자, 우유까지 들어 있었다.

"이 음식이나 간식은 뭐예요?"

"내가 먹을 거야. 먹을 건 가져가야지. 왜 간섭이야."

이렇게 엄마와 실랑이로 밤을 새우기 일쑤였다. 엄마는 지치면 언제 그랬느냐는 듯 침대에 올라가 누워버렸다. 어질러 놓은 옷을 제자리로 옮기다 보면 아침이 밝아왔다. 엄마는 아무렇지도 않게 잠들어 있었다.

이런 일이 반복 되면서 내 몸과 마음은 지쳐갔다. 이런 일들이 잦아지면서 호소할 곳은 담당 교수님과 정신과의 교수님들뿐이었다. 지나고 나서 느끼는 점은 자살예방센터 전화가 있듯 치매 가족 복지를 위한 상담 전화가 있었으면 좋겠다는 것이다. 치매 가족들은 외로운 섬처럼 때로는 사회에서 소외된 사람처럼 살아간다. 누구와도 그 짐을 나눌 수 없기 때문이다.

요양보호사가 제공되지 않느냐고 말할지 모르는데, 하루 3시간 그것도 월요일부터 금요일까지 찾아온다. 도움이 되긴 하지만 망가져가는 치매 가족의 정신건강은 나중에 어떤 형태로든 사회문제가 되리라는 생각이다. 치매 환자에게 계속적으로 받는 스트레스는 치매 환자 가족의 건강을 해친다. 언제 치매 이상행동이 찾아올지 불안하고, 이상행동이 시작되면 감당하기 어려울 때도 있다. 신경정신과를 다니는 나마저도 너무 힘들어서 엄마만 아니라면 그만 세상을 끝내는 게 편하겠다는 생각도 했다.

18

......

환자가 환자를 간호?

글을 쓰는 것도 아닌데 어깨가 무너질 것처럼 아픔이 계속
됐다. 그럴 때면 가까운 친구 오빠가 하는 한의원에 가서 부
황도 뜨고 침도 맞았지만 효과는 일시적이었다. 젊어서 너무
많은 글을 썼고, 당시는 원고지에 볼펜을 사용해서 직업병이
생긴 터였다.

맥을 짚던 원장은 건강을 좀 잘 챙기라고 했다. 맥도 잘 안
잡히고, 이러다가는 엄마보다 내가 먼저 큰일을 당할 수도 있
다고까지 했다.

사실 1년 넘게 빈혈도 있고 운동을 못하니 안 그래도 마른
다리가 점점 더 얇아졌다.

"이 새 다리로 어찌 살꼬?"

엄마는 정신이 맑을 때 내 다리를 만지며 안타까워했다. 자
신의 다리와 내 다리를 만지며 어찌 엄마 다리보다 더 새 다

리냐고 걱정을 했다. 그러나 스트레스로 인해 얼굴과 상체는 부어서 부기가 가시지 않았다. 기운이 빠지면 제 자리에서 일어서다가 쓰러져 다리에 멍이 가실 날이 없었다.

정상적인 몸이 아니었다. 내 소원은 입원해서 링거 맞으며 이틀만이라도 쉴 수 있게 누군가가 엄마를 맡아주었으면 하는 것이었다. 이럴 때면 치매 환자를 며칠씩이라도 보호해주는 곳이 있었으면 좋겠다는 바람이 생겼다.

이층 엄마 집 계단을 오르다가 계단에서 굴러떨어져 머리에 혹이 생기고 다리에 멍이 생긴 것도 부지기수였다. 또 계단을 내려오다가 아찔해지며 계단을 구르는 일도 많았다. 먹는 것에도 흥미를 잃고 배고픔도 몰라 하루 한 끼로 버티는 것이 대부분이었다. 평소 좋아하던 육고기의 냄새도 맡기 싫었다. 엄마를 위해 육고기를 요리하긴 하지만 그때마다 내 입맛은 더 사라졌다.

겨우 먹을 수 있는 것이 채소 종류였다. 영향의 불균형이 문제가 되리라는 것은 알고 있었지만 먹을 수가 없으니 문제였다. 단지 비타민을 열심히 챙겨 먹고 견과류를 먹는 게 나 자신에게 해줄 수 있는 최상의 방법이었다.

요양보호사도 내 건강을 걱정할 정도였다. 요양보호사가 엄마를 돌보는 틈을 타서 다니던 병원을 찾아가 간단한 검진을 받았다. 결론은 예상했던 대로였다. 몇 년 동안 치료를 받으면 좀 나아지던 혈관 염증이 심해져 있었다. 어려서 미숙아로 태어나 태열을 앓고, 어려서는 손과 발바닥이 가려워 피가 나도록 문질러 수없이 치료를 받았었다.

부모님과 조부모님은 몸이 약한 나 때문에 많이 신경을 썼다. 어려서부터 약한 몸이었던 내게 죽음 직전에 두 번이나 살아난 일은 큰 위험을 안고 있었다. 내 몸은 어찌 보면 시한폭탄이었다. 누군가의 돌봄을 받으며 살아야 하는 환자가 환자를 돌보고 있는 형편이었다.

엄마를 돌보는 동안에도 3개월에 한 번씩 대학병원에 가서 진찰을 받고 받아 오는 약만 해도 한 보따리였다. 심장뿐만 아니라 아이를 임신했을 때 얻은 당뇨가 사라지지 않아 당뇨와 관계된 약도 먹어야 했다. 거기에 신경정신과 약에다 편도와 호흡기 알레르기 질환 약도 있어 내 몸은 밥보다 약을 더 먹는 것 같았다.

그 와중에 30년 넘게 다니던 선배의 내과에서 충격적인 얘기를 들었다.

"왜 치료를 드문드문 와? 이러다가 큰일 당해. 혈관에 염증이 돌아다니고 있다니까. 심장에 스탠스 박을 때 좁아진 혈관이 더 있다고 조심하라 했다며? 염증 치료라도 제대로 받아. 이러다 엄마보다 네가 먼저 갈 수도 있다는 걸 몰라?"

선배는 30년 이상 나를 지켜봐왔기 때문에 무척 걱정했다. 내 몸은 자꾸 이상 신호를 보내왔다.

"일주일만이라도 입원해서 치료를 받아. 면역력도 너무 많이 떨어져 있어. 어쩌려고 이래?"

선배에게 치매 엄마를 돌봐야 하는데 어떻게 하느냐고 했더니 화를 냈다.

"너희 집에 사람이 너밖에 없냐? 너만 자식이야? 네가 살고 봐야지."

내 가정 사정을 다 알고 있었지만 선배는 내게 욕심 좀 챙기며 살라고 했다.

치매 가족은 아플 자유도 치료받을 자유도 없다. 그래서 더 힘들고 슬프다. 나는 가장 불안했던 것이 이러다가 내가 먼저 쓰러져 엄마를 돌볼 수 없으면 어쩌나 하는 것이었다.

몸이 시한폭탄이라는 말이 정말 무서웠다. 언제 내 몸의 어느 부분이 정지되어버린다면 엄마는 어쩌나 하는 불안이 가시지 않았다.

작은 돌부리에도 넘어져 피가 나거나 멍이 드는 게 일상이었다. 엄마의 치매 행동이 심해질수록 내 신경정신과 약도 늘어만 갔다. 그래도 그 약이 없으면 숨이 막혀 죽었던지 무서운 일을 벌였을 것이다.

나는 스러져가는 정신을 붙잡으려 안간힘을 썼다. 특히 점점 사라져가는 체력과 면역력을 어떻게든 붙잡아야 했다. 아니, 버텨내야 했다.

엄마는 내가 없으면 치매 행동이 더 심해질 것이다. 또 절대 요양원을 안 가겠다는 엄마를 강제로 보낼 수도 있었다.

치매 환자를 직접 돌보지 않은 사람은 모른다. 어쩌다 보거나 같이 생활해보지 않은 사람은 절대 치매 환자 가족의 어려움을 이해하지 못한다. 아니, 짐작도 못한다.

치매 환자 가족들은 매일매일 정신이 죽어간다.

치매 환자의 치매 이상행동만큼 가족의 정신도 깊은 시름에 빠진다.

치매 환자인 엄마의 사라져가는 기억력만큼이나 내 몸과 정신은 더 빨리 시들어갔다.

환자가 환자를 돌보는 악순환이 사라지지 않으면 서로 행복할 수 없다. 이럴수록 때가 오면 엄마를 좋은 요양원에 모셔야 나도 살고 엄마도 살 수 있다고 생각하기에 이르렀다. 엄마를 내가 붙잡고 있는 것만이 능사는 아니라는 생각을 하게 된 것이다. 그래서 동생이 이곳저곳의 좋다는 요양원을 찾아 다녔다. 엄마가 몸과 마음을 쉴 수 있는 힐링 캠프가 요양원이 된다면 좋을 것 같았다.

노인 인구는 급속히 늘고 핵가족이 정착된 상태에서 자식을 하나 또는 둘 둔 우리 세대에는 치매 가족을 돌볼 사람이 없을 것이다. 더욱이 예전처럼 여성의 직업이 많지 않은 시대도 아니다. 여성들의 사회생활은 어느 때보다 활발하다. 또 큰아들, 큰며느리가 부모를 책임지는 시대도 저물었다.

실버 시대, 치매 환자에 대한 대책은 국가의 중요한 일이 될 것이다.

19

⋮

대소변 문제 발생

치매 환자들은 환경 변화에 민감한 것 같다. 지난번 며칠간 기도원 다녀온 뒤 치매 이상행동이 시작됐었다. 그런데 요양 보호사가 바뀌는 것에도 민감하게 작용했다. 몇 년간 엄마를 도운 요양보호사를 엄마는 가족으로 받아들였다. 그런데 그 요양보호사가 일주일간 동유럽 여행을 떠나게 됐고, 그 대신 다른 요양보호사가 찾아왔다.

외출복으로 말끔히 차려입고 온 요양보호사는 심심해서 아 르바이트로 왔다고 했다. 딸이 알게 되면 야단맞을 것이란다. 내가 왜 이런 얘기를 들어줘야 하는지 어이가 없었지만, 해야 할 일의 순서를 얘기해주었다.

"이미 약은 드셨고요. 식사도 하셨어요."

"그럼 내가 할 일이 거의 없네요."

"아니죠. 환자가 있으니 청소도 해야 되고요. 목욕도 매일 하시니 목욕을 시켜주시고요. 인지활동으로 엄마가 매일 문제를 푸시는데, 문제를 내놨으니 풀게 해주시고요. 또 의자에 앉아서 다리운동과 팔운동을 하시도록 도와주세요."

엄마를 돕는 방법을 알려주자 요양보호사는 인상을 찌푸리더니 화난 사람처럼 말했다.

"어떻게 세 시간 안에 이 일을 다 해요? 기저귀 입으시는 분, 전 목욕은 못 시켜요."

"요양보호사 맞으세요?"

"저 시험 보고 요양원 실습도 했어요."

이런 사람과 더 이상 말하고 싶지 않았다.

"알겠어요. 요양보호사 자격증을 어떻게 받으셨는지 모르지만, 청소만 하고 가세요. 제가 다 할 거예요."

청소기 사용법도 알려줘야 하고 밀대 사용까지 모두 하나씩 알려주다 보니 짜증이 났다. 요양보호사를 보내주는 센터에서 사람을 어찌 고용하는지 화가 났다.

엄마를 씻기고 함께 인지활동을 하고 운동을 하는 동안 요양보호사는 느릿느릿 청소로 시간을 채웠다.

요양보호사가 돌아가고 센터에 항의 전화를 했다.

"그분은 잘사시는 분이고 요양보호사 활동을 안 하셨던 분이라 그러실 거예요."

"그런 사람을 보내시면 안 되는 거 아니에요?"

"잠시 하려고 하는 사람은 구하기가 힘들어요."

"이러면 보험만 축내는 거죠? 요양보호사는 치매 환자를 돌볼 정신무장이 돼 있어야 한다고 생각하는데요. 오늘 온 요양보호사 보내지 마세요. 제가 하는 게 나아요. 제가 다 하면서 스트레스만 받아요."

오후 늦게 미안하다며 전화가 왔다. 내일은 엄마와 말동무도 되고 잘할 분으로 보내준다고 했다.

다음 날 집으로 찾아온 요양보호사는 할머니였다. 다른 건 몰라도 엄마와 말동무는 돼 주겠다고 생각했다. 사실 기대가 없었다. 그런데 오자마자 그릇장의 냄비와 그릇들을 꺼내더니 잔소리를 시작했다.

"냄비는 그을린 것을 왜 이렇게 두었어요. 양잿물로 닦으면 환해지는데."

"양잿물이 뭐예요?"

"시장에서 팔아요. 나한테 돈을 주세요. 내가 시장 가서 사다가 깨끗이 닦아줄게요."

나는 엄마의 인지활동이나 운동을 시켜주는 것을 기대할 수 없어 다른 제안을 했다.

"청소만 빨리 해주시고 엄마 모시고 사우나나 다녀오세요."

그런데 청소기도 안 돌리고 걸레를 찾았다. 걸레질을 바로 하면 어떻게 하냐고 묻자, 자기는 옛날 사람이라 앉아서 깨끗이 닦으니까 필요 없단다. 말이 통하지 않는 사람과 말씨름할 기력은 없었다. 집으로 내려와 잿물을 검색해보니 독성이 강하고 옛날에 세제 없을 때 사용하던 것이었다. 사우나 입장료와 엄마 때밀이 비용 그리고 음료수나 간식을 사 드실 돈을 넉넉히 계산해드렸다. 그랬더니 또다시 양잿물 살 돈을 얘기한다.

"그건 위생적이지도 않고, 우리는 그을리면 버리고 다시 새 것으로 사니까 신경 쓰지 마세요."

두 분이 함께 가까운 사우나를 다녀왔다. 그런데 뭘 드시게 했는지, 돈은 얼마가 남았는지 말이 없었다. 모자라지는 않았을 것이고 돈이 남았다면 그냥 드릴 생각이었다. 그런데 시간이 다 됐다며 아무 말 없이 가버렸다.

다시 센터에 전화해 기존의 요양보호사가 올 때까지 사람을 보내지 말아달라고 했다. 사람이 바뀔 때마다 내가 더 스트레스를 받고 일도 거의 내가 해야 했다. 여행 간 요양보호사가 하루 빨리 돌아오기만을 학수고대하며 예전처럼 모든 것을 내가 했다. 건강보험 외에도 자가 부담이 있는데, 액수가 얼마든 내가 이런 스트레스를 받으며 줄 이유는 없다고 생각했다.

'그동안 요양보호사 자격도 안 되는 사람들에게 자격증이 남발됐구나.'

제대로 교육도 안 되고 치매에 대한 이해도 부족한 사람에게 자격증이 팔렸다는 생각밖에 할 수 없었다. 다 그런 건 아니지만 건강보험이 낭비되고 있다는 생각이 들었다.

치매 환자가 늘고 있는 현재에서 앞으로를 생각하면 요양보호사는 전문가가 돼야 한다. 그러므로 재교육과 더불어 더 많은 교육을 해야 하고 제대로 된 양성기관이 생겨야 한다.

자신이 요양보호사 역할을 못하는 경우 요양보호사의 자존감도 망친다. 파출부처럼 시간만 때우면 된다는 생각을 가진 사람들은 자격증을 박탈할 수 있어야 한다. 그래야 계속 늘어나는 치매 환자나 가족들의 피해를 줄일 수 있다.

여행 간 우리 요양보호사 김 선생이 너무 고맙고 그리웠다. 역시 어느 정도의 학력과 교양이 필요한 직업이라는 생각이 들었다. 여행을 떠났던 기간을 제외하고는 엄마가 요양원에 갈 때까지 쭉 도와준 분이다. 공무원 퇴직 후 요양보호사를 시작했는데, 엄마를 어떻게 잘 모실까를 항상 상의하고 내가 새 정보를 가져와 뭘 하자고 하면 금방 이해하고 행했다.

여행이 끝나고 요양보호사가 돌아오자 엄마는 무척 반겼다. 어리광까지 부리며 어딜 갔다 이제 왔냐고 투정도 부렸다. 엄마와 요양보호사는 궁합이 아주 좋았다. 특히 자신의 아버님이 치매를 앓다가 돌아가신 요양보호사는 엄마에게 더 잘하려고 애썼다. 그래서 언니처럼 든든하고 의지가 됐다. 사소한 일도 집안일도 함께 대화하는 정말 언니 같은 분이었다.

요양보호사가 돌아오고 엄마가 갑자기 기저귀에 대변까지 보게 되었다. 나는 너무 미안해서 대변은 내가 치우겠다고 했다. 그러나 정색을 하며 요양보호사가 뭐 하는 사람이겠냐며 내려가 잠 좀 자라고 했다.

　요양보호사는 엄마의 대변 기저귀를 벗기고 온몸을 깨끗이 닦였다. 그리고 평소대로 식사와 청소를 하고 엄마의 인지 공부, 운동도 시켰다. 엄마는 정신적으로 안정을 찾아갔다. 요양보호사의 산책길은 같이 노래 부르며 한강을 거니는 영상으로 가족들에게 항상 전달됐다. 엄마가 산책도 안 가고 운동도 안 하려고 하면 엄마의 기분을 돋우고 아이들에게 하듯 용돈을 드리며 이끌어내기도 했다. 이런 자세와 신념이 있는 요양보호사들만 있다면 치매 환자나 가족들이 아무 걱정 없을 것이다.

　엄마의 요실금은 산부인과 진단을 받고 약으로 얼마간 실수를 막을 수 있었다. 그러나 대변은 어떻게 할 수가 없었다. 괄약근이 약해져서 그런 걸 막을 수는 없었다. 신호가 와서 화장실에 가다가 속옷을 내리기도 전에 실수를 하기 일쑤였다. 잘 때는 자신도 모르게 대변이 나왔다고도 했다.

　노인정에 가시라고 하면 노인 냄새 나서 싫다고 하고, 자신도 아침저녁으로 샤워하고 꼭 향수를 쓰던 분이 왜 그러는지 속상했다. 엄마의 대변 실수는 횟수와 시간이 점점 늘어났다. 다행히 침대에는 묻히지 않았다. 소변 때문에 방수커버를 몇 개 마련해 계속 깔아두고 있었다. 다행히 소화는 잘되셔서 설사 같은 건 없었다.

　이렇게 대소변이 많을 때는 요양보호사가 가고 난 뒤 세 번이고 네 번이고 다 내가 할 일이었다. 엄마를 씻기고 새 옷으로 갈아입히고 나면 내 마음이 개운해지는 느낌이었다. 엄마도 내가 어렸을 때 항상 나를 이렇게 돌봤을 테니 이제 내가 할 차례였다. 이런 일을 우리 집에 시집온 죄밖에 없는 며느리에게는 절대 시키고 싶지 않았다. 올케는 직장 생활을 해서 그럴 환경도 못 됐지만 내 마음은 그랬다. 내 엄마니까.

그런데 엄마의 대변 세례는 병원 진찰실에서도 있었고, 동생과 올케와 함께 엄마가 평소 좋아하던 등산을 가서도 있었다고 했다. 경험이 없었던 올케는 무척 당황했을 것이다. 나는 병원 외출만 해도 여분의 기저귀와 옷을 꼭 챙겨 다녔다.

엄마는 밥을 먹다가도 소변이 흐르고 대변 역시 그냥 흘러 나왔다. 오전에는 요양보호사가 씻기고 치워주지만 남은 시간에는 다 내 몫이었다. 내 몸 컨디션이 아주 안 좋을 때는 나도 모르게 화를 냈다.

"엄마, 자꾸 정신 줄 놓으면 요양원에 가거나 요양병원에 갈 수밖에 없어요."

엄마는 그때마다 큰 소리로 화를 냈다.

"내가 어쨌다고 그런 곳을 가. 난 내 집 안 떠나. 싫으면 네가 네 집으로 가."

대소변을 계속 보다 보니 창문을 열어 환기를 해도 냄새가 가실 날이 없었다. 환자가 있는 집은 냄새가 날 수밖에 없는 이유다.

그즈음 내가 너무 힘들어 하니까 토요일마다 오는 요양보호사가 있었다. 처음 왔을 때 이름을 물어본 엄마는 항상 그분의 이름을 불러주었다. 그분도 60이 넘었지만 요양보호사 생활을 오래했고, 친정엄마를 모시다가 요양원으로 보낸 상태였다. 그러다 보니 엄마 비위도 잘 맞춰주고 싹싹하고 명랑해서 엄마가 무척 좋아했다.

"전순옥이는 언제 와?"

그분이 오고부터 엄마 집에서 냄새가 사라졌다. 식초와 물을 반반씩 섞어 화장실이며 온 집 안에 분무했다고 했다. 매일 그렇게 하니 집 안에서 냄새가 사라졌다. 경험은 중요한 처방이다. 정말 꿀팁이었다.

이후 업소용 식초 한 말을 동생이 사들고 왔다. 집 안에서 냄새가 사라지고 쾌적해졌다. 냄새 제거제를 뿌리고 청소용 락스로 화장실을 닦아도 가시지 않던 냄새가 사라진 게 너무 신기했다.

환자가 있는 집에는 알게 모르게 냄새가 나게 마련이다. 우울한 냄새마저 사라지자 집 안이 맑아진 느낌이었다. 이 새로운 사실은 여러 사람과 나누고 싶은 정보다.

20

······

과거에 집착하는 엄마

    치매 환자의 기억은 점점 뒷걸음친다. 세상으로부터 도망치려는 것 같다. 엄마와 대화를 하다 보면 노인대학 갈 시간인데 왜 날 못 가게 하느냐고 하고, 친구들과 만나기로 했는데 늦었다며 나더러 운전해서 데려다주면 안 되겠냐고 한다. 또 지금은 사라진 본가에 가봐야 한다고 말하기도 한다.

    한동안 엄마가 사라지면 재래시장 근처나 로터리에서 발견되기 일쑤였다. 요양보호사가 전해준 말은 우리 가족 모두에게 충격이었다.

    "할머니가 곱게 차려입고 나가시는 곳은 시장에 있는 콜라텍이래요."

    "네? 우리 엄마는 시끄러운 노래도 싫어하고 춤도 못 추는데요? 설마?"

    "맞아요. 거기 가시면 친구들도 만나고 신나신대요."

그러고 보니 엄마는 언제부터인지 내 친구들을 만나도 '딴 따라 아줌마', '짠짠이 아줌마'라고 하든지 짠! 짠! 짠! 외쳤다. 그럴 때는 무척 흥겨워 보였다.

오랫동안 함께 노인대학에 다닌 아주머니에게 엄마가 콜라 텍에 가보신 적이 있느냐고 물었다.

"언젠가 점심 먹고 우리 반 사람들끼리 딱 한 번 구경을 갔는데, 시끄럽고 머리 아프다고 나가신 적은 있어요. 혼자 가실 분은 아닌데, 그건 모르지요."

아마도 엄마의 머릿속에는 처음 마주한 콜라텍의 상황이 강렬하게 남았던 것 같다. 자신은 그곳에 적응되지도 않고 참여도 못하지만 흥겨운 곳이라고 생각했던 것 같다.

요양보호사의 말을 듣고 엄마가 낮에 사라지면 콜라텍들을 뒤지고 다녔다. 그런데 몇 곳을 뒤져도 엄마는 없었다. 시장 사람들에게 콜라텍이 어디 더 있는지 물어 어렵게 찾아갔지만, 내가 갔을 때는 벌써 문이 닫혀 있었다. 오후 5시면 문을 닫는다고 했다.

결국 어두워지기 전에 112에 신고해 엄마를 찾기로 했다. 엄마를 찾은 곳은 시장 로터리였다. 거리를 배회하던 엄마를 검문하던 경찰이 찾아낸 것이다.

"엄마! 콜라텍 가고 싶다고 하면 내가 데려다줬을 거 아니에요."

"나 콜라텍 안 갔어. 가보고 싶었는데 못 찾았어."

엄마는 콜라텍을 찾고 싶어 나갔지만 단 한 번도 못 찾았다고 했다. 나도 물어물어 찾아갔는데 복잡해서 나올 때 길을 못 찾아 헤맸으니 엄마는 절대 못 찾아갈 곳이었다.

"엄마, 춤도 못 추는데 왜 콜라텍에 가고 싶어요?"

"춤 안 춰도 재미있어."

"엄마, 기저귀에서 냄새날 텐데 콜라텍 가면 놀림당해요."

"안 가. 난 어딘지도 모르고 안 간다니까."

"요양보호사한테 콜라텍 간다고 했다던데요?"

"헛소리 말라고 해. 내가 언제 그런 말을 해?"

엄마는 억울한 말 듣는다며 마구 화를 냈다.

아마도 엄마는 강렬한 조명과 음악이 좋았던 모양이다. 태어나서 처음 가본 곳이 엄마에게는 신기하고 강렬한 충격으로 다가왔을 것이다.

노래가 좋아서 그러나 해서 유행가가 반복되는 라디오같이 작은 것을 사드렸다. 그 뒤 누워서도 가끔 흥얼거렸는데 어느 날부터 서랍 속에 들어가 있었다.

"엄마, 짠짠 노래 왜 안 들어요?"

"짠짠 재미없어. 시끄러워. 찬송가 틀어줘."

엄마의 짠짠짠은 계속됐지만, 다리가 아프다며 나가지는 않았다.

엄마의 과거로의 회항은 다양해졌다.

"밖에 좀 나가봐. 택배 왔을 거야. 둘째가 나 좋아하는 꽃게

한 박스 보냈다고 연락 왔어."

"엄마, 무슨 택배가 와요?"

"둘째가 보냈다니까 왜 말을 안 들어."

"둘째가 보냈으면 나한테 먼저 연락하지요."

"넌 왜 내 말을 못 믿어!"

"엄마, 둘째는 외국에 살잖아요. 그리고 지금은 꽃게철도 아니에요. 자꾸 우기지 말고 지금 둘째랑 전화해보자고요."

둘째 아들이 화면에 보이자 엄마는 다짜고짜 물었다.

"네가 어제 꽃게 택배로 보냈다고 연락했지?"

엄마는 확신에 차서 물었다.

"누나, 엄마가 꽃게가 드시고 싶은가 보네. 몇 마리 사다드려."

사실 둘째는 엄마가 크게 아플 때면 엄마가 좋아하는 꽃게를 꾸준히 보내주었다. 어떤 음식도 마다하던 엄마가 꽃게는 잘 드셨다. 그래서 꽃게로 입맛도 찾고 기력도 되찾았다.

동생과 통화한 뒤 당장 꽃게탕을 했는데 맛없다고 버리라고 했다. 냉동 꽃게라 맛도 없고 씁쓸하다면서. 언젠가는 꽃게찜을 먹다가 금이빨 네 개가 다 빠졌다. 잘 보관하시라 했지만, 집으로 돌아와 물으니 휴지에 싸두었다가 쓰레기통에 버린 것 같다고 했다.

과거의 입맛은 여기에 그치지 않았다.

"우리 집 뒤뜰 밤나무 아래에 양애가 많이 나왔을 거야. 네가 가서 좀 뜯어 와. 부침개 해서 먹으면 맛있을 거야."

"엄마, 양애가 뭐예요?"

나는 엄마에게 그림으로 그려보라고 했다. 그 그림을 보니 내가 어려서 엄청 싫어하던 냄새가 있는 채소였다. 내가 먹어본 적도 없고, 우리 집 뒤뜰에서 말고는 본 적이 없었다.

집 가까운 마트나 백화점을 검색해도 찾을 수가 없었다. 그런데 엄마 생일날 한정식 집에 갔을 때 양애전이 나왔다. 제주 출신인 올케는 양애를 알고 있었다. 식재료로 먹었었단다. 생각해보면 양애라는 채소는 향이 강하고 독특했다. 아마도 엄마는 강렬한 것에 대한 기억을 부여잡고 있었던 것 같다. 나중에 양애는 양하라고도 불리고 다른 이름이 있다는 것을 알게 됐다.

엄마의 식성도 치매 성향만큼이나 다양했다.

"입맛 없을 때는 다슬기장이 최고인데……."

그래서 남동생이 출장길에 일부러 섬진강에 들러 다슬기를 많이 사 왔다. 엄마가 시키는 대로 다슬기장도 만들었다.

"너 아욱 사 와. 다슬깃국 시원하게 먹고 싶어."

"다슬깃국은 어떻게 끓여요?"

"일단 된장 풀고 물 끓으면 다슬기를 삶아. 네가 아욱 사 올 동안 내가 다슬기 까놓을게."

엄마는 정신이 맑은 상태여서 다슬깃국 끓이는 방법을 소상히 알려주었다. 전혀 치매 환자라고 볼 수 없었다. 바늘을 찾아 들고 식탁에 앉았다.

"된장 국물 팔팔 끓였으면 다슬기를 넣고 끓여서 건져."

다슬기를 건져 쟁반에 담아 엄마 앞에 놓고 빈 그릇 두 개를 드렸다. 알맹이와 껍질을 담을 그릇이었다.

"이건 내가 할 테니까 가서 아욱 사 와. 아욱이 없으면 부추를 사도 돼."

그날 밤 엄마가 시킨 대로 끓인 다슬깃국은 나까지 맛있게 먹었다. 엄마는 며칠 동안 다슬기장을 찾았다. 다슬깃국도 마찬가지였다.

이 음식들은 할머니가 좋아하셔서 엄마가 만들 때마다 혼잣말로 투덜대던 음식이었다. 엄마는 이 음식들을 만들기만 하고 잘 안 먹었다. 그러던 엄마가 내게 다슬기장과 다슬깃국을 만들게 하고 맛있게 드신다. 미운 시어머니가 먹던 음식을 좋아하게 되다니 아이러니했다. 맑은 정신의 엄마와 음식을 만든다는 것은 기쁨이었다. 엄마의 음식을 배울 기회는 가끔 있었다.

"마트 가면 쪽파랑 고들빼기 사 와."

엄마는 칭찬이 자자할 만큼 쪽파김치와 고들빼기김치를 잘 담갔다. 그런데 고들빼기가 나오는 철이 아니어서 쪽파김치만 배우기로 했다. 엄마는 기본적인 양념과 양을 얘기하고 쪽파까지 다듬어주었다. 엄마의 지도대로 만든 쪽파김치에서는 예전 엄마 맛이 났다. 엄마와의 이런 시간은 모든 힘든 시간을 잊게 할 만큼 행복했다.

그러나 엄마의 짠짠은 계속되고 있었다. 이 말은 엄마가 맑은 정신이 아니라는 증거였다. 별안간 엄마가 새벽 호출을 했다. 이층에 올라가보니 환한 얼굴로 앉아 있었다.

"안 주무시고 왜 이러세요?"

"마음이 급해서."

"무슨 일인데요?"

"네 작은아버지(아버지의 사촌. 사실은 당숙)한테서 전화가 왔어. 나이 먹으니까 변하나 봐. 우리 땅 차지하고 절대 안 주더니 주겠다니까 가서 그 땅문서 받아 와."

엄마의 가슴에 응어리처럼 남아 있는 땅이었다. 당숙의 논이 도박 빚으로 넘어가게 되자 할아버지가 그 돈을 대신 갚아주고 우선 농사를 지어 먹으라고 하셨다. 어린 시절이지만 내기억에도 생생하다. 지금은 잘살고 있고 조합장까지 했지만 당숙은 그 땅을 돌려주지 않았다. 돌려주겠다는 말은 계속했지만 엄마의 화만 돋우고 돌려주지 않았다.

그 일이 엄마에게는 응어리로 남아 있었기 때문에 꿈을 꾼 모양이었다.

"엄마, 돌려줄 사람들이면 아빠 돌아가시고 바로 돌려줬지요. 우리가 그보다 더 넓은 땅도 살 거니까 잊어버리고 주무세요."

"돌려준다고 했다니까 왜 안 받으러 가. 그동안 그만큼 사용했으면 됐지. 쌀 한 톨 안 보내 주는데 그럴 필요 없어."

엄마의 계속되는 채근에 아니라고 해 봤자 소용이 없다는 것을 알았다. 알았다고 답하고서야 나는 엄마에게서 벗어났다. 지금은 이러시지만 조금 지나면 잊어버릴 거라 생각했다.

엄마가 더 답답해했던 것은 아빠였다.

"우리가 그 땅을 내놓으라 하면 가족도 많은데 어찌 살라고. 그냥 둬."

아빠는 항상 가족이나 자신보다 남을 먼저 생각했다. 그래서 남들에게는 호인이고 아주 좋은 사람이었지만 그런 아빠 때문에 엄마의 속은 말이 아니었다. 나는 어려서부터 돌아가실 때까지 아빠를 칭송하는 사람들만 보았다. 가정보다 이웃이 먼저였고, 아빠는 혼자였기 때문에 사촌들이 형제였다. 어린 내가 보아도 우리 아빠는 우리 형제들의 아빠가 아니라 모든 아이들의 아빠 같았다.

아빠는 우리 집에 하숙하는 사람 같았다. 그래도 내게는 신문과 책을 공급해주는 아빠였다. 활자 중독자 같은 나는 아빠가 보는 여러 신문과 월간지까지 다 읽고 즐길 수 있었다. 학교 도서관의 책을 모두 읽고도 모자라면 다시 읽을 만큼 독서는 내 유일한 취미이자 생활이었다.

이틀 후, 엄마가 갑자기 땅 문서를 받아 왔느냐고 물었다. 다른 때 같으면 말을 하고도 잊어버리는데 날 추궁했다.

"엄마, 그냥 등기로 부치라고 했어요. 걱정 마세요. 그 땅문서 나 줄 거예요?"

"말도 안 되는 소리! 우리 큰아들이 가져야지, 왜 네가 가져."

엄마는 좋은 것은 모두 큰아들 몫이었다. 아빠가 돌아가신 후는 더 그랬다. 삼종지도를 배운 엄마에게는 당연한 일인지도 모른다.

21

.
.
.

엄마는 시간표가 없다

엄마에게는 과거와 현재가 혼재했다. 그러다 보니 삶의 시
간표는 사라졌다. 어쩌면 하루하루 시간을 때우고 있는 듯
했다. 치매 시간이 오면 밤도 낮도 새벽도 없이 행동한다. 왜
하필 누군가에게 보호받아야 할 나의 제2의 사춘기, 갱년기
에 엄마에게 치매가 왔을까? 슬픈 갱년기에 더 슬픈 내가 되
었다.

엄마에게는 이제 배려 따위는 없다. 본인의 본능만 남았다.
내가 슬픈지 기쁜지 속상한지 따위는 엄마 사전에 없다. 내가
아파도 관심이 없었다. 동생들마저 내가 아픈 이유가 운동 안
하고 몸 관리를 못해서라고 할 때는 다 버리고 사라져버리고
싶었다.

엄마는 맑은 정신보다 치매 시간이 점점 깊어갔다. 그만큼
내 힘든 시간도 늘어갔다. 엄마와 만든 옥상 정원에 올라가는

횟수도 줄어들었다. 매일 물을 주고 잡초를 뽑는 일도 내 일이 되어버렸다. 엄마는 귀찮다며 다 네가 하라고 했다. 그리고 블루베리나무가 열매도 안 맺는다며 구박했다.

엄마에게는 예정된 시간표도 없고 현재의 시간표도 없었다. 엄마도 혼란스럽겠지만 바라보는 나는 더 혼란스러웠다. 한여름에 갑자기 스토브를 켜놓고 겨울 이불을 꺼내 덮었다. 너무 추워서라고 했다.

스토브는 불이 날 위험이 있어 감춰뒀는데 꼭 다시 꺼내왔다.

"엄마, 지금은 에어컨과 선풍기를 틀어야 해요."

"네가 미친 거 아냐? 이 추위에 왜 선풍기를 틀고 에어컨을 틀어. 그 여름 원피스는 왜 입은 거야? 삼 먹고 열났냐?"

엄마의 머릿속 계절은 당연히 겨울이었고, 여름옷을 입은 내가 비정상으로 보였다. 엄마는 계절의 시간표도 뛰어넘었다. 계절이 여름이라고 알려주면 추운데 무슨 소리냐고 추궁했다. 이럴 때 엄마를 만류하거나 대꾸하면 성격이 포악해져 버린다. 마음대로 안 되는 것을 알기에 몸이 더워지길 기다리고 슬그머니 스토브를 껐다.

이런 일을 겪을 때마다 엄마 시간표가 점점 사라지고 있음을 절실하게 느꼈다. 엄마의 머릿속에는 계절의 시간표도 없었고 현실도 사라졌다.

"야, 둘째가 오고 있어. 골목에 좀 나가봐."

"둘째는 남미에 있는데 언제 와요?"

"비행기 타고 왔어. 마중 나가."

엄마의 머릿속에는 생각이 현실이었다. 자신의 생각을 현실로 믿어버리기 때문에 나는 엄마의 지시를 따르는 시늉이라도 해야 한다. 그러지 않으면 엄마는 생각도 못한 괴력과 부딪친다. 엄마가 치매 상황이 오면 그 마른 몸매에서 어찌 그런 괴력이 나오는지 나를 밀어버려 몇 번이나 머리를 다쳤다.

엄마는 평소 딸처럼 살뜰했던 둘째가 많이 보고 싶은 모양이었다. 둘째 아들이 엄마의 머릿속에서는 골목에 몇 번이나 등장했는지 모른다. 나와 둘째는 거절할 줄 모르는 것, 모질지 못한 것, 남에게 퍼주기 좋아하는 것까지 모두 닮았다. 성격 유하면서도 일단 마음먹으면 끝장을 보는 것까지 같다. 엄마가 나를 힘들게 할 때, 내 몸이 아프거나 슬플 때도 둘째에게 의지했다. 내게는 여동생같이 편안한 존재였다.

엄마가 집착하는 과거는 조부모님과 함께 살 때였다. 수십 년 전의 시간에 살 때가 많았다.

"작은 집 뒤에 있는 밭에 내가 참깨를 엄청 심어놨거든. 그 참깨가 다 벌어져 하루라도 빨리 털어야 해서 갔어. 그런데 그 밭이 다 사라지고 큰 도로가 생겨버렸어. 누가 그 밭을 팔았니?"

엄마가 몰래 나가서 한강 둔덕을 힘들게 올라가니 올림픽 도로가 보였던 모양이다. 엄마 머릿속의 그 밭은 엄마가 갈 수 있는 가까운 곳에 있었다.

"그 밭이 예전에는 평지였는데, 왜 언덕이 생기고 도로가 생긴 거니?"

"엄마, 여기는 서울 복판이고 그 밭은 시골에 있어요."

"아니야. 내가 분명 심었어. 비 오는 날 모종도 했고."

서울에 산 지 수십 년인데 엄마는 과거의 기억 속에서 헤매고 있었다.

이런 일이 자주 일어나자 옥상 위에 엄마가 원하는 품목을 다 심었다. 생각지도 못한 감자며 콩까지 심어 엄마의 목마름을 풀어주어야 했다. 하지만 심을 때만 좋아할 뿐 곧 잊어버렸다. 엄마는 지금은 사라진 본가의 큰 밤나무며 나는 기억에도 없는 무슨 나무 잎을 따서 튀각을 만들어야 한다고도 했다.

옆집이나 앞집 사람들의 이름도 정확히 기억했다. 내 기억에는 없는 이름들이었다. 엄마의 이런 시간을 어떻게 받아들여야 할는지 난감했다. 엄마의 시간표는 현실보다 과거 속을 헤맸다. 과거를 현실로 받아들이고 거침없이 과거로 돌아가려 했다.

나도 엄마의 시간표를 알 수 없었고, 엄마 역시 시간표가 뒤죽박죽이었다.

22

⋮

아기가 된 엄마

기저귀를 입고 음식을 입에 넣어주어야 하고 몸도 닦아줘야 하는 엄마. 엄마는 나이 먹은 아기였다. 엄마의 순가락은 이제 손잡이가 노란 유치원생용 작은 숟가락이다.

"왜 밥을 가득 떠? 절반만 줘야지."

"엄마, 이 숟가락 유치원 애들이 쓰는 건데 이 정도도 입이 안 열려요?"

"그래, 조금씩만 줘. 넌 날 왜 먹여 죽이려고 하냐?"

반찬도 고루 드렸지만 거부하는 반찬이 많았다. 조금만 질기거나 식감이 맘에 안 들면 바닥에 바로 뱉었다.

"엄마, 뱉고 싶으면 여기 펴 놓은 휴지에다 해요."

"귀찮아. 네가 치워."

"엄마, 이 반찬 한 번만 더 드세요."

"저리 치워, 싫어. 내가 말한 것만 줘."

"그럼 엄마 영양 부족 돼요."

"안 죽어. 안 먹어."

엄마와의 식사 시간은 정말 어려웠다.

"계란 냄새 싫어. 두부 냄새도 싫고. 물김치 줘."

"다른 반찬 먹으면 물김치를 한 숟가락씩 드릴게요."

"나 마실 거야."

"물김치는 물도 음료수도 아니에요. 자꾸 이러시면 물김치 안 담글 거예요."

"나쁜 년! 나 그만 먹을래."

엄마와의 식사 시간은 티격태격하거나 화가 나서 침대로 가 이불을 뒤집어쓰고 돌아눕는 것으로 끝나기 일쑤였다. 그때마다 식사를 들고 가서 달래고 얼러 한두 숟갈이라도 먹어 주길 애원했다.

엄마는 점점 더 아기처럼 투정을 부렸다. 게다가 아직 아기인 내 강아지 모리와도 다투고 시샘했다. 하루는 모리의 해바라기 머리핀을 달라고 했는데, 모리가 자기 거라고 안 주려고 해서 머리핀을 사다 드렸다.

"엄마, 운동도 공부도 열심히 하면 더 예쁜 거 사드릴게요."

"나 떡 먹고 싶어."

완전 동문서답이어서 바보들의 대화 같았다. 누가 보면 코미디 같았을 것이다.

말이 떨어지면 가장 빠른 걸음으로 떡을 사 와야 했다. 엄마가 떡을 맛있게 먹자 모리도 그 떡을 먹고 싶어 했다. 엄마는 과자 빼앗기길 싫어하는 아기처럼 모리를 뿌리쳤다. 침대에 가까이 오면 발로 밀어냈다.

하지만 모리는 엄마의 외면을 무시하고 끝내 떡 하나를 몰래 입에 물더니 계단을 뛰어 내려가 집으로 향했다. 그리고 입에 들러붙는 떡을 먹으려 애썼다. 하지만 절반도 못 먹고 포기했다. 어느 때는 엄마가 드시던 사탕을 몰래 물고 와 계단에서 아작아작 씹기도 했다.

모리는 할머니와 놀아주기도 하고 할머니의 심기를 살폈다. 영리한 아이였다. 그런데 엄마는 20여 년을 키우다 세상을 떠난 토리를 모리와 착각했다.

"토리야! 언제 이렇게 눈이 까매졌어?"

먼저 세상을 떠난 토리는 생의 마지막에 백내장이 심했고, 엄마는 그것을 무척 안타까워했다.

"엄마, 토리는 하늘나라 갔잖아요. 얘는 모리예요."

"그렇구나. 참 영리한 녀석이었지."

토리는 내가 해외든 어디든 출장을 가면 엄마의 보살핌을 받았다. 10여 년 전인가 해외에서 전화를 걸었는데, 엄마의 목소리가 무척 다급했다.

"토리가 식음도 전폐하고 산책도 안 나가. 동물병원 가서 진정제를 주사했는데도 마찬가지고. 닭을 삶아줘도 안 먹고 간식도 안 먹어. 네가 빨리 와."

엄마는 무척 초조해했다. 그런데 며칠 후 좋은 소식을 전해 주었다.

"이제 걱정 안 해도 돼. 고기도 간식도 잘 먹고 산책도 나가자고 해. 다 죽어가서 내가 먹던 홍삼을 몇 번 먹였더니 팔팔해졌어."

그 뒤 토리는 매일 홍삼 먹는 아이가 됐다. 새로운 아기 모리도 어려서부터 홍삼을 조금씩 먹였다. 엄마가 발견한 홍삼의 효능은 나중에 홍삼 사료가 나오는 것을 보고 알게 됐다.

모리는 하루에도 수십 번 할머니 집 계단을 오르내렸다. 할머니와 놀아주고 할머니 간식도 탐나서였다. 어느 때는 할머니가 귀찮아해도 옷깃을 끌고 옥상 정원에 가서 놀기도 했다. 모리는 어찌 된 아이인지 부추와 상추를 한입씩 뜯어 먹으며 할머니를 즐겁게 했다.

"모리가 상추와 부추를 자꾸 먹더라. 그런데 토마토는 안 먹어."

엄마는 모리와 잡초도 뽑고 상추 간식도 뜯어주며 둘 만의 시간을 보낼 때가 많았다.

모리가 이층에 올라가지 않으면 엄마가 큰 소리로 모리를 부른다. 그러면 모리는 대답이라도 하듯 엄마에게 달려갔다. 모리와 엄마가 어울리는 것을 보면 강아지를 좋아하는 아이 같았다. 서로의 마음을 읽는 듯 보였다.

엄마는 평소에 고상한 색을 좋아했는데, 이젠 아이들처럼 화사하고 예쁜 옷을 입으려고 했다. 치매가 오기 전이었다면 흉측하게 이런 것을 어떻게 입느냐고 했을 것이다.

아들이 해외 여행길에 내 원피스와 할머니의 원피스를 두 벌씩 사왔다. 그런데 엄마는 깊게 파이고 꽃무늬가 있는 옷을 싫어해서 짧고 깊게 파인 꽃무늬 원피스를 내가 입었다. 그런데 엄마가 내 옷과 바꾸자고 했다.

"색깔도 시원해 보이고 네 거가 더 예쁘니까 나 줘."

결국 엄마에게 내 옷을 양보할 수밖에 없었다. 옷을 바꿔주지 않고 내가 입고 다니면 못 참을 것을 아니까 원하는 대로 해줘야 한다.

엄마는 본래 밀가루 음식을 좋아했지만 건강을 위해 좀 줄이려 해도 틈만 나면 면 요리, 부침개를 만들라고 했다. 아이들처럼 먹고 싶은 것을 참지 못했다. 참을성이 사라진 지 오래였다.

사시사철 언제나 떨어지면 안 되는 것이 김과 물김치였다. 한 번에 물김치를 세 통씩 담가도 얼마 지나지 않아 사라졌다.

"모리야, 할머니 물김치 만들자."

모리는 할머니의 물김치를 담그는 날엔 언제나 자신이 있어야 한다고 생각하는 것 같았다. 야채를 썰고 있으면 슬며시 다가와 할머니 드실 야채를 먼저 가져다주고 자기도 하나 먹었다. 그리고 국물을 다 만들 때까지 기다려 맛을 보았다. 맛이 없으면 한 번 입에 대고 말았다. 간이 다 되어 맛을 보라고 하면 작은 종지를 깨끗이 핥았다. 이제 됐다는 신호였다. 그러고 나서 내가 맛을 보는데, 간도 잘 맞고 엄마도 좋아했다.

엄마 물김치 기미상궁이 된 모리와 엄마는 더 급속히 가까워졌다. 엄마와 내가 모리를 데리고 산책을 나가면 모리는 엄마에게 보조를 맞추었다. 자기가 좀 빠른 것 같으면 서서 기다려줬다.

어쩌면 영리한 모리에게 엄마 산책을 맡겨봐도 좋겠다는 생각이 들었다.

"모리야! 할머니 한강까지 산책시킬 수 있지? 엄마 좀 도와줘."

첫날은 혹시나 하는 마음에 엄마와 모리의 뒤를 몰래 따라갔다. 모리는 평소처럼 앞장서서 할머니를 리드하다가도 조금 걸음이 느려지면 한참을 서서 기다려줬다. 그리고 우리가 매일 쉬던 벤치에 먼저 올라가 할머니가 앉기를 기다렸다. 그러고는 쉴 만큼 쉬었다고 생각하는지 벤치에서 내려와 할머니가 일어나기를 기다렸다.

모리는 할머니가 집에 갈 준비가 되었는지 살피다가 앞장서서 리드했다. 한창 활동이 왕성한 시기인데 참고 기다리는 게 참 신기했다. 그리고 한강 굴다리를 나오면 삼거리가 있는데, 엄마는 무작정 직진하려고 하자 집 쪽으로 방향을 틀어서 엄마를 끌며 무사히 집으로 돌아왔다.

엄마는 모리와 함께 산책을 나가는 것도 좋아했다. 절대 길을 잃을 염려가 없다는 것을 확신 한 뒤 엄마의 산책 담당은 강아지 모리가 맡았다. 모리도 아기인데, 아기가 된 엄마와 단짝 친구가 되었다.

사람들은 이런 모리를 기특해했다. 칭찬 듣기를 좋아하는 모리는 주위의 칭찬에 무척 신이 나 있었다. 엄마에게는 멀리 있는 자식들보다 모리가 효녀였다. 그렇게 친해지자 엄마는 자신이 아끼는 대추야자도 내주고 과일이나 사탕도 내주었다.

엄마는 밤부터 새벽까지 먹지도 못하는 고기를 굽고, 볶고, 끓이던 일도 멈췄다. 그리고 밤부터 새벽까지 옷을 몇 번씩 갈아입던 엄마가 혼자 옷을 입거나 벗지도 못했다. 누가 밥도 먹여줘야 먹고 대소변도 이제 기저귀에 해결했다. 대변을 뭉개고 누워서도 누가 갈아주지 않으면 그냥 있었다.

엄마는 완전히 아기가 됐다. 매일 몇 번씩 씻겨도 엄마 몸에서는 냄새가 났다. 비누로 먼저 씻기고 향이 진한 보디샴푸로 다시 씻겨야 했다. 물론 침대 커버와 이불은 수시로 빨아 햇볕에 바짝 말렸다. 화장실은 화장실용 락스로 닦고 식초를 분무해야 냄새가 사라졌다.

엄마가 아기로 변하는 동안 내가 강하다고 믿었던 정신력도 탈탈 털렸다. 엄마의 짜증과 어리광은 점점 심해졌다. 특히 날씨가 흐린 날에는 상태가 극에 달했다. 치매와 날씨가 무슨 상관관계인지 궁금하다.

이제 엄마와 외출하거나 공공장소, 식당에 가는 것도 어려워졌다. 식당에서 식사할 때도 마음에 안 들면 아무 데나 뱉어버렸다. 꼭 말 안 듣는 아기 같았다. 식당에 가기 전에 엄마에게 아무 데나 뱉고 그러면 안 된다고 계속 말했지만 말로만 알았다고 하고 같은 행동을 반복했다.

엄마는 식당에 가면 아무리 맛집이어도 맛이 없다고 투덜댔다. 집에서 하던 행동을 그대로 했다. 가고 싶다는 음식점을 가도 마찬가지였다. 엄마에게는 맛있는 것도 없고, 맛을 못 느끼는 것 같았다.

뿐만 아니라 부끄러움도 없고 기본적인 것도 안됐다. 밥을 먹다가도 앉은 자리에서 소변을 보고 대변도 봤다. 정상이었다면 있을 수도 없는 일이다. 하지만 엄마는 자신의 행동이 잘못됐다는 것조차 인식하지 못하고 있었다.

오물로 범벅된 몸을 씻기려 해도 자리에서 일어나지 않겠다고 버텼다. 엄마는 기저귀도 안 뗀 아기와 같았다. 치매의 무서움을 눈으로 보면서 나는 두려웠다.

3부

엄마, 요양원에 가다

"저 건물은 빨리도 짓네.
여기는 논밭에다 주유소만 있는데 무슨 건물이라니?"
"글쎄요. 갑자기 무슨 건물인지 저도 궁금하네요.
주유소 아저씨한테 물어볼게요."
주유소 아저씨가 요양원을 짓는다고 말해주었다.
"이런 벌판에 요양원이라니, 감옥이나 다름없네."
- 〈본문 중에서〉

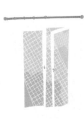

23

⋮

치매 엄마와 모리

"모리! 할머니 알파벳 한 개 어디다 뒀어? 너도 하고 싶어?"

모리는 할머니의 물건들을 가지고 싶어 했고 숨기며 장난을 쳤다.

"내가 공부하는 L자가 사라졌어."

엄마의 알파벳 글씨는 알록달록하고 손잡이가 있는 목각이었다. 할머니가 인지 공부를 할 때면 발끝을 들어 들여다보는 게 일이었다. 사라진 알파벳 하나를 찾기 위해 온 집 안을 뒤지고 구석구석을 살펴도 없었다.

그런데 글자가 하나씩 사라지는 일이 잦았다. 사라진 알파벳 하나는 계단 아래 공간에서 나왔다. 입에 물고 오기도 편해서 모리는 가지려는 욕망을 채우고는 시침을 뚝 뗐다. 어느 때는 열려 있는 신발장의 신발 속에 감춰져 있기도 했다.

모리는 할머니의 이상행동 공부 도구에도 호기심이 많았다.

그림을 색칠하는 크레파스를 몰래 가져가고 입으로 깨물어 망가뜨리기도 했다. 그래도 엄마는 야단치지 않았다.

"모리가 공부를 하고 싶어 하나 보다. 강아지 유치원도 있다 는데 유치원이라도 보내."

"엄마, 강아지 유치원에서는 공부 안 가르쳐요."

"하하하, 그러냐? 그럼 애들 다니는 유치원 보내."

엄마에게는 모리가 동물이 아닌 인간이었다. 먹던 음식도 나누어주고 모리와 대화도 했다.

모리는 크레파스를 씹어본 뒤 다시는 건드리지 않았다. 그 대신 엄마가 스티커를 붙이고 그림을 그리거나 글씨에 스티 커를 붙일 때 관심을 보였다. 특히 반짝이는 스티커에 큰 관 심을 보이기 시작했다. 여러 장의 스티커 중 마음에 드는 것 을 슬쩍 물고 도망치기 일쑤였다. 알루미늄에 붙은 스티커는 먹지도 못하고 향기도 없어 가져다가 버렸다. 입으로 잘못 물 면 입안이 찔렸다.

엄마는 짓궂게 스티커를 모리의 얼굴에 붙이거나 몸에 붙 여주었다. 모리는 그 장난에 스티커를 떼느라 애를 먹었다. 그 런데 엄마의 장난은 여기서 멈추지 않았다. 모리의 꼬리에 스 티커를 여러 개 붙이고는 모리가 스티커를 떼어내기 위해 뱅 글뱅글 돌면 손뼉까지 치며 즐거워했다.

엄마가 잘 놀아주자 모리도 자기 인형이나 장난감을 들고 할머니를 찾아갔다. 모리는 할머니가 던져주는 장난감을 물어다 다시 할머니 앞에 놓아주는 일을 반복했다. 엄마에게는 즐거운 팔운동도 되고 모리도 즐거운 놀이였다.

치매 환자에게 애완견이나 애완묘는 많은 도움이 되는 것 같다. 모리는 한동안 경계하고 서먹해하던 할머니를 가족으로 받아들였다. 강아지 모리 덕분에 우울했던 집 안에 웃음소리가 나고 분위기도 좋아졌다.

모리는 신선한 채소가 먹고 싶으면 할머니를 졸랐다. 옥상 문을 열 수 없는 모리는 할머니를 앞세웠다. 옥상 정원에 심은 로메인상추며 양상추, 부추도 모리의 신선한 간식이 되어주었다. 엄마는 토끼처럼 채소를 좋아하는 모리를 신기해하면서 이것저것 따서 먹이며 즐거워했다. 전에 20여 년간 키웠던 토리에게서는 그런 모습을 볼 수 없었다.

모리는 할머니의 간식도 얻어먹고 할머니와 함께 옥상도 오르내렸다.

"모리, 할머니 산책 시간인데 어쩌지?"

그러면 모리는 쉬다가도 벌떡 일어나서 당연히 해야 할 일처럼 할머니를 리드했다. 매일 지나다니는 길의 아저씨, 아주머니들은 영특하다며 칭찬을 아끼지 않았다.

"모리, 오늘도 할머니 산책 시키는 거니?"

사람들은 칭찬으로 모리와 엄마를 응원해주었다. 그런데 모리의 긴 빗자루 같은 꼬리가 문제였다.

"모리야! 네가 길거리 청소했으니까 구청장한테 월급 달라

그래라."

모리는 겁이 많아서 모르는 사람이나 강아지들을 만나면 꼬리를 내린다. 그래서 나갔다 들어오면 흰색 긴 꼬리가 검게 변했다. 엄마와 모리를 매일 목욕시키는 일도 내 일이었다. 누구의 도움도 없이 모든 것이 내 몫이었다.

모리에게도 엄마에게도 산책은 즐거운 일이었다. 할머니가 집이 아닌 방향으로 가려 하면 온 힘을 다해 집 쪽으로 이끄는 모리가 신통방통했다. 아직 어려서 맘대로 뛰놀 시기에 할머니의 보폭에 맞춰 걷고, 할머니의 쉼터를 선정해 쉴 수 있게 하는 모습이 너무 보기 좋았다.

집에 와서는 엄마와 모리가 함께 고구마나 옥수수를 사이 좋게 나누어 먹었다. 그런데 어느 날부터 모리가 할머니를 이용하기 시작했다. 딱딱한 옥수수는 할머니가 먼저 씹어서 달라고 했다. 알알이 따서 주어도 할머니가 씹어줄 때까지 기다렸다. 만약 할머니가 씹어주지 않으면 옥수수를 물고 집으로 달려 내려갔다. 그러고는 야무지게 옥수수를 끌어안고 먹기 시작했다.

모리는 할머니가 먹는 브라질넛을 한 알씩 몰래 물고 오더니 어느 날부터인지 할머니가 씹고 있는 것을 달라고 졸랐다. 주지 않으면 발뒤꿈치를 들고 입안에 있는 것을 꺼내 먹기까지 했다.

엄마도 모리도 똑같은 아기였다. 그런데 모리는 할머니를 보살펴야 한다고 생각하는 것 같았고 엄마 또한 모리를 챙겼다. 모리는 맛있는 간식을 먹다가도 입에 물고 올라가서 할머니에게 나눠주었다. 자신이 아끼는 것을 할머니에게도 주어야 한다고 생각하는 것 같았다. 자기의 간식을 할머니도 먹을 수 있다고 여기는 모양이었다.

모리는 할머니가 계단을 내려오는 것 같으면 얼른 달려 나가 막아섰다. 자기도 같이 가자는 뜻이었다.

"넌 못 가. 목줄이 없잖아. 너 엄마한테 혼나."

그러면 모리는 목줄을 하러 집으로 달려왔다. 그사이 엄마는 대문을 빠져나고, 나는 소리를 지르며 뛰어나가야 했다.

"엄마, 혼자 어딜 가요? 모리 목줄 하고 오라고 해놓고……."

"싫어! 모리랑 안 가. 귀찮아."

"그래서 어딜 가려는데요?"

"내가 밖에 좀 나가는데 일일이 너한테 말해야 돼?"

엄마는 한번 밖으로 나가겠다고 생각하면 새벽에라도 나가기 때문에 낮 동안 몇 번 붙잡아도 소용이 없었다. 그래서 모리한테 목줄을 채워 할머니를 모시고 나갔다 오게 한 것이다.

엄마와 모리는 서로 아끼는 친구였다. 모리는 엄마가 요양원에 갈 때까지 물김치 간을 보는 일을 계속했다. 모리가 좋아하는 일 중 하나가 산책, 엄마의 물김치 간보기였다.

"신기하네. 모리가 간을 보면 내 입맛에 딱 맞아."

엄마는 모리가 물김치 간을 보는 것을 신기해하면서도 즐거워했다.

모리와 엄마는 진정한 단짝이었다.

24

……

나도 간병살인?

이 글을 쓰는 동안에도 간병살인 뉴스를 접했다. 뉴스에 알려지지 않은 동반자살이나 간병살인도 많을 것이라고 생각한다. 몇 년 전에도 유명 가수의 아버지가 치매 간병에 지쳐서 간병살인을 하고 자살한 사례가 있었다.

간병살인은 계획적 살인이 거의 없을 것이다. 내가 겪은 것을 보면 우발적인 것이 많다고 본다. 간병 가족이 오랜 동안 간병을 하다 보면 정신적으로 육체적으로 나빠지기 때문에 정상적인 생각만 할 수가 없다. 어느 순간 제정신이 아닌 상태가 된다. 특히 치매 시간이 나타난 치매 환자와 간병인의 욱한 감정이 부딪치면 그 순간 간병살인이 가능하다.

앞으로는 치매 간병인의 살인이 점점, 아니 급속도로 나타날 수 있다. 지금 당장 치매 정책을 촘촘히 계획하지 않으면 이 사회가 혼란에 빠질 수 있다고 본다. 치매는 특정인에게 오는 것도 아니어서 내 가족 누구나 치매 환자가 될 수 있다. 그런 치매 환자를 돌볼 가족들도 늘어 날 것이다. 갑자기 다가온 치매에 환자도 가족도 당황할 수밖에 없다.

엄마의 치매로 내가 간병인이 된 뒤 나는 모든 사회활동을 중단했다. 물론 경제활동도 멈추었다. 게다가 엄마의 치매가 내게 미치는 스트레스는 그 누구도 알지 못한다. 아무리 말해도 직접 겪지 않은 사람은 절대 이해하지 못한다.

억울한 일을 당한 사람들의 "속을 뒤집어 보여줄 수도 없고"라는 말이 실감난다. 가족들도 뭐가 힘들다는 거냐고 말한다. 내 몸이 아픈 것도 몸관리도 운동도 안 하고 집에 틀어박혀 있기 때문이라는 것이다.

불면증인 나는 수면제 없이는 잠을 잘 수 없어 3개월에 한 번씩 심장 관리를 받으러 가면 90일분의 수면제를 받아왔다. 그리고 며칠씩 잠을 못 자면서도 수면제를 모아두었다. 더 고통스러워지면 다 먹으려는 생각에서였다.

나는 천주교 신자이고 엄마도 교인이어서 그것을 시행하지는 못했다. 내가 떠나면 엄마는 어찌할 것인가가 더 걱정이었다. 또 내 가족, 내 아들이 받을 상처를 생각하면서 억눌렀다. 비 오는 날이면 엄마가 잠든 것을 확인한 뒤 나도 모르게 우산을 쓰고 한강으로 나갔다. 비 오는 한강의 새벽은 정말 고요했다.

요양원 이야기만 나오면 엄마는 한강에 뛰어들겠다는 말을 자주 했다. 사실 엄마의 치매 이전에도 형제들과의 갈등으로 빗속을 달려 한강으로 간 적이 있다. 아마도 그때부터 내게 정신과적인 문제가 있었던 것 같다. 설움이 복받쳐 울음을 터뜨리며 한강 가에 앉아 한없이 울다보면 속이 좀 후련해지고 안정이 찾아오곤 했다.

엄마는 정신이 맑을 때는 수면제에 대해 물었다.

"네가 가지고 있는 수면제, 같이 나눠 먹으면 죽지 않을까?"

"엄마 딸을 범죄자 만들고 싶어요? 동생들에겐 살인자 누나, 아들에겐 살인자 엄마가 되게 하려고요?"

"그럼 네가 이렇게 힘들고 내가 또 무슨 일을 할지 모르는데 어떻게 죽지? 내가 죽어야 끝나는데…….."

"엄마가 죽지 않아도 돼요. 엄마가 정신 줄만 놓지 않으면 돼요. 지금처럼 맑은 정신이면 아무 일 없어요. 그럼 예전처럼 아들들하고 여행도 다니고 맛있는 것도 드시러 다니고 얼마나 좋아요."

정신이 맑은 시간이면 대화도 진지해지고 엄마는 희망적인 눈빛을 보였다. 하지만 맑은 정신으로 있는 시간은 점점 짧아졌다.

"나 요양원 절대 안 가. 아무리 나를 끌고 가도 안 간다고. 네가 그랬잖아. 큰애가 보내겠다고 하면 요양원 차가 와서 날 데려갈 거라고!"

"내가 언제요? 난 엄마 요양원 안 보내려고 이사까지 왔는데."

"고모네 사돈어른들도 둘 다 요양원에 있는데 그러더란다. 밥도 비벼서 두 노인네 함께 먹으라고 하고, 밥에 수면제를 섞는다고. 그러니까 나는 내 집에서 편히 죽을 거야. 너희 당숙 부부도 요양원 가서 두 달 만에 죽었잖아. 두 노인네가 넓은 집에서 오순도순 살았으면 지금도 살아 있었을 거야."

엄마는 요양원에 가는 것은 사람대접을 못 받는 것이고, 들어가면 죽는다고 인식하고 있었다.

"너도 전에 뉴스에서 봤지? 손이랑 발 묶어놔서 요양원에 불나도 도망을 못 가고 다 타죽었잖아."

요양원에 대한 노인들의 부정적인 인식은 시설이 좋지 않은 요양원이 뉴스에 나오는 것과 관련이 깊었다. 그리고 일부 요양원 시설에서 발생하는 나쁜 사례들을 그대로 받아들인다는 게 문제였다.

엄마의 치매 발작은 예전과 달리 예민하고 폭력적으로 발전해갔다. 전에는 치매 발작을 해도 혼자 집 안의 물건들을 옮기거나 옷을 입었다 벗었다 하고 가방을 싸는 게 전부였다. 새벽이면 혼자 비틀대며 돌아다니다가 넘어지면 그 자리에서 잠들어버리곤 했다.

그런데 쿵쿵 소리가 나서 올라가보면 엄마의 눈빛이 변해 있었다. 마치 약에 취한 사람처럼 비틀대며 욕설을 하고 죽여버린다며 식칼을 휘둘렀다. 영화에서 보던 빙의된 모습과 같았다. 엄마는 내 엄마가 아니었다. 엄마는 괴력을 발휘해 나를 쓰러뜨리기까지 했다. 이러다가는 나도 엄마도 다칠 수 있는 상황이었다.

"네년이 날 죽일 생각으로 음식에 독 탔지?"

"내가 엄마한테 왜 독을 드시게 해요."

엄마를 진정시킬 방법이 없어 한동안 드리지 않았던 수면제를 한 알 드렸다. 잠을 자게 하는 것이 최선이었다. 그런데 약을 내미는 내 손을 물고는 밀어버려서 문갑에 머리를 부딪치고 말았다. 내가 쓰러지자 엄마는 다시 일어나 칼로 쑤셔 죽이겠다며 난동을 부렸다. 손을 묶으려 했지만 내 팔을 물어버렸다.

정말 내 엄마가 아니었다. 마귀의 행동이었다. 왜 요양원에서 팔다리를 묶어두는지 이해가 됐다. 이렇게 심하게 치매 증상이 나타난 게 두세 번째였던 것 같다. 엄마는 괴력으로 나를 죽여버리겠다고 난동을 피웠다. 엄마의 흥분에 내 몸은 땀범벅이 되고 나도 같이 흥분했다.

힘이나 말로 제지가 안 되어 손목에 스카프를 묶으니 잠깐 사이에 풀어버렸다. 순간 나도 모르게 손을 묶으려던 스카프를 엄마 목에 둘렀다. 그리고는 몇 번 두른 뒤 목을 조르기 시작했다. 조금씩 조용해지는가 싶더니 엄마가 하얗게 질려 캑캑거렸다. 순간, 정신을 차리고 보니 내가 뭘 하고 있나 아찔했다. 나는 엄마를 끌어안고 엉엉 울었다. 실크 스카프여서 목이 완전 졸리지 않은 게 그나마 다행이었다.

한참 울다 보니 엄마가 조용했다. 엄마가 잘못된 것은 아닌지 놀라 울음을 그치고 엄마를 흔들어보았다. 그런데 아무 일 없었다는 듯 엄마는 코를 골며 잠들어 있었다. 내가 왜 그랬는지, 당시의 정신 상태가 어땠는지 모른다. 하지만 분명 나는 엄마를 살해할 뻔했다.

나는 그즈음 최악의 스트레스에 시달린 데다 몸도 아파서 세상을 살고 싶은 생각이 없었다. 이렇게 사느니 몸도 정신도 편안해지고 싶었다.

내가 간병살인자가 될 수 있는 위기에서 바로 찾아간 곳은 신경정신과였다. 원장님은 과도한 스트레스와 내 몸이 감당 못할 건강 악화라는 진단을 내렸다. 정말 면역력도 바닥나고 인내심도 완전히 바닥난 상태였다. 원장님은 신경안정제를 더 처방해주었다.

이런 상황에서도 내가 의지하거나 엄마를 대신 맡아줄 사람이 아무도 없었다. 그렇게 힘들어 하지 말고 요양원으로 보내라는 동생들의 말이 서운하기만 했다. 나는 어쨌든 엄마의 목을 졸랐고, 간병살인자가 될 뻔했다.

치매 간병을 하는 사람들은 순간적으로 이런 일을 벌일 수도 있다고 본다. 나 역시 내가 이런 일을 하리라고는 상상도 해본 적이 없다. 간병살인은 잠깐의 실수로 영원히 돌이킬 수 없는 살인으로 이어질 수도 있다. 간병살인은 순간이다.

나는 엄마를 해칠 뻔했던 내 행동을 용납할 수가 없었다.

게다가 동생들은 왜 엄마를 요양원에 안 보내고 힘들다고 하느냐며 나를 탓했다. 나는 엄마를 조금이라도 편안하고 자유로운 공간에서 살게 하는 것이 내 도리라고 생각했다. 그리고 엄마 스스로 거부감 없이 요양원에 갈 수 있어야 자신이 버려지거나 감금당했다는 생각을 하지 않고 잘 적응할 것으로 생각했다. 그래서 시간만 나면 시설이 좋은 요양원 이야기를 했다.

내게는 엄마의 인격도 중요했다. 그리고 조부모님에게서 이어져 내려온 유교 정신이 내 머리 깊숙이 박혀 있는 것도 하나의 이유였다. 누가 강요하지 않아도 나는 장녀니까 아빠 없는 현실에서는 당연히 엄마와 동생들을 보살펴야 한다고 생각했던 것이다.

엄마를 살해할 뻔한 그 위험한 시기에 나는 지옥 같은 진흙 늪 속에서 발버둥치는 꼴이었다. 내 마음은 갈기갈기 찢긴 채 썩어가고 있었다. 몸이 너무너무 아플 때는 세 살 아이의 손길이라도 필요했다. 몸도 마음도 다 부서져 영혼마저 떠나간 것 같았다.

내게는 태양도 달빛도 없었다. 예전 생활이 간절히 그리웠다. 봄이면 작업실 창가에서 계절을 느끼고 한강 주변에 푸릇푸릇 피어나는 새싹들을 여유롭게 바라보던 그때가 그리웠다. 넓은 창으로 보이는 한강과 국회의사당 쪽의 벚꽃과 한강의 불꽃놀이가 내게는 평범한 일상이었다. 그래서 친구들은 내 작업실을 스카이라운지라고 불렀다. 지금 내게는 그 시절이 지난 기억이 되고 말았다.

전에 살던 집 창가에서 찍은 사진을 보며 위로를 받아보려 했지만 마음대로 되지 않았다.

"선생님, 빨리 올라와보세요."

요양보호사가 놀란 목소리로 전화를 걸어왔다. 무슨 일이 있나 싶어 헐레벌떡 뛰어 올라가니 요양보호사가 칼을 쥐고 안방에 서 있었다.

"청소하는데 침대 머리맡에 식칼이 있지 뭐예요."

정말이지 허탈하고 기운이 쭉 빠졌다.

"왜 칼이 여기 있느냐고 했더니 선생님을 죽이려고 숨겨놨다네요. 이게 무슨 일이래요?"

나는 응접실로 나와 엄마와 있었던 일을 요양보호사에게 얘기해줬다.

"전에는 그렇게 폭력적인 행동은 없었잖아요. 식겁했겠네요. 요양원에 가실 때가 된 것 같네요."

"그러게요. 이제 너무 힘드네요."

"며칠 전부터는 인지 공부도 안 하시려 하고, 운동도 싫어하고, 무슨 얘기를 해도 반응도 안 하시고 짜증만 내셨어요."

엄마는 요양원에 안 가고 차라리 굶어죽겠다며 식사도 별로 안 했다고 한다. 엄마의 폭력이 내게 더 심했던 것은 곁에 함께 있고 요양원 얘기도 내가 가장 많이 해서인 것 같았다. 엄마가 밀쳐서 넘어지는 바람에 머리에 혹도 나고 아팠지만 내가 참아내야 할 문제였다. 아들들도 요양원 얘기를 하면 "내가 너희들을 어떻게 키웠는데 이럴 수 있어" 하고 소리를 지르며 전화를 끊어버렸다.

나와 요양보호사는 며칠간 엄마 기분을 좋게 하고 기분을 풀어주려고 애썼고, 엄마는 다시 예전으로 돌아왔다. 언제 그런 일이 있었냐는 듯 부침개와 잡채를 해달라고 했다. 엄마가 잡채를 좋아해서 항상 당면이 준비되어 있었기 때문에 엄마가 원할 때 빨리 음식을 해낼 수 있었다. 많이 먹고 싶었던지 엄마는 음식을 먹고 기분이 좋아졌다.

엄마는 이후로 다시는 폭력적 행동을 하지 않았다. 엄마가 기분 좋을 때 내가 엄마에게 했던 행동을 이야기하면 자신의 행동도 기억 못하고 나를 안쓰럽다고만 했다.

25
⋮

나의 병원행, 입원을 말하다

내 몸은 매미가 남긴 껍데기 같았다. 조금만 충격을 주면 부서져버릴 것 같았다. 언제부터인지 나는 거울을 보지 않았다. 갑자기 변해버린 내 모습이 싫어서였다. 피부 관리를 받으려고 1년에도 몇 번씩 병원을 찾고 가꾸던 나는 이제 없었다. 나는 시간을 아끼기 위해 이등병처럼 머리를 짧게 자르고 살았다. 피부를 가꾸는 일도 원하는 머리 모양을 한다는 것도 내게는 사치였다. 옷도 갖춰 입지 않았고 명품백, 명품신발도 쓸 일이 없었다. 엄마를 돌보기에 편리한 복장과 모습이면 족했다.

워낙 몸 상태가 좋지 않았는데 내 몸은 이제 지탱하기조차 힘들 정도가 되었다. 이층 계단을 오르다가도 비틀거리고 굴러떨어지곤 했다. 엄마가 초능력 같은 힘으로 나를 밀어버리면 그대로 나가떨어졌다. 엄마보다 젊고 몸무게도 더 나가는데도 버티지 못했다.

시도 때도 없이 머리가 깨질 듯 아프고, 온몸 여기저기가 견디기 힘들 만큼 아팠다. 그럴 때마다 집에서 가장 가까운 데서 침을 맞고 진통제로 버텼다. 근육이 아플 때면 온몸의 힘이 빠졌다. 게다가 잘 먹지도 못하는데 속이 쓰리거나 아팠다. 신경성 위염으로 오랫동안 치료를 받은 경험이 있어 다시 위염이 도진 것으로 생각했다.

그런데 문제는 급성 심근경색 때 나타났던 증상과 비슷하다는 것이었다. 나는 더럭 겁이 났다. 집 안에서도 앉았다 일어나지 못하고 다리에 힘이 풀려 넘어졌다. 집에 찾아왔던 친구들도 얼른 병원에 가보라고 했다.

"너 이러다가 죽으면 뭐가 돼. 너부터 챙겨야지."

친구들은 차를 한잔하는 동안에도 가슴이 찌르듯 아파 가슴을 끌어안고 있는 나를 보고 걱정이 이만저만이 아니었다.

결국 요양보호사에게 엄마를 맡기고 친구들의 도움을 받아 선배 병원을 찾아갔다. 피를 뽑고 엑스레이를 찍고 이런저런 검사를 했다.

"그동안 치료를 꾸준히 받아야 한다고 했는데, 혈관주사 한두 번 맞고 안 오더니 상태가 얼마나 안 좋은지 알아? 위염도 재발했고 혈액에 염증도 있고 협심증도 의심돼. 협심증이라면 심근경색으로 갈 수도 있어. 안정이 필요하니 치료받으면서 며칠이라도 입원해."

"선배도 알잖아요. 내가 집을 비울 수 없다는 걸……."

"너무 지쳐 있으니 일단 오늘은 링거에 치료제 넣어서 맞고, 꼭 큰 병원에 가서 정밀검사를 받아봐."

"저도 하루 이틀만이라도 입원해서 쉬고 싶은 마음이 간절해요."

"너 말고는 엄마를 돌볼 사람이 없어? 환자가 환자를 돌본다는 것이 말이 되냐? 너야말로 치료를 받고 쉬어야 되는데 참 할 말이 없다."

선배는 내가 언제 쓰러져도 이상할 게 없는 상태라고 했다. 내 몸의 병과 체력이 바닥인데 살아 있는 게 기적이라고까지 했다.

나는 한동안 끊었던 위염약을 받아 들고 집으로 돌아왔다. 위염약 덕분인지 다행히 속 쓰림은 사라졌다. 그런데 이번엔 계절이 바뀔 때마다 단골로 찾아오는 호흡기 질환이 시작되었다.

"어머, 원장님 언제 돌아오셨어요?"

나는 단골 이비인후과 원장님이 미국에서 돌아온 것을 보고 너무 반가웠다.

"목도 아프고 콧물이 계속 흘러요. 몸살도 자주 오고 목 바로 아래도 아프고요."

"자기는 호흡기 알레르기도 있는데 면역력이 많이 떨어지면 증상이 더 심해져."

가족처럼 지내온 원장님이 엄마의 안부를 물었다. 나는 그동안 엄마의 치매로 집에만 갇혀 살고 스트레스로 하루도 맑은 날이 없다고 말해주었다.

"세상에! 놀랍다. 엄마는 자기보다 건강했는데, 어쩌다 치매가 왔지?"

사실 내가 일 년 내내 수시로 이비인후과를 찾을 때도 엄마는 1년에 한 번 갈까 말까 할 정도로 건강했다.

주변에서는 몸이 아파도 마음 놓고 치료를 받을 수조차 없는 나를 모두 안쓰러워했다. 몸이 아프고 견디기 힘들 때는 '나는 왜 이렇게 살아야 하나?' 생각했다. 왜 나는 딸이 하나밖에 없는 엄마를 두었을까? 내 마음을 털어놓을 자매 하나 없을까? 내가 아플 때 교대해줄 사람 하나 없을까? 그런 생각이 들 때면 울고 싶어도 눈물이 나오지 않았다.

내 처지가 너무 서러웠다. 소리 내어 울 수라도 있으면 좋으련만 그럴 틈도 없고 눈물도 나오지 않았다. 내게 해줄 수 있는 일이라고는 시간 나는 대로 쪽잠이라도 자는 것이었다. 그렇게 누워 있다가도 엄마의 움직임이 느껴지면 얼른 달려가야 했다. 언제 무슨 일을 벌일지 모르기 때문이다.

치매 환자를 보살피는 사람에게는 마음 놓고 아플 시간도 없다. 가끔 노부부가 함께 살다가 둘 중 한 사람이 치매 환자가 되면 부부의 정으로 치매 환자를 보살핀다. 나이 드신 분이 치매 환자의 보호자가 되는 것이다. 자기 몸 돌보기도 어려운데 매우 안타까운 일이다. 게다가 경제적 어려움까지 겹

치면 더 힘들 것이다.

　며칠 전 팔순의 할아버지가 치매 환자인 할머니를 살해했다는 뉴스를 접했다. 간병살인이다. 그 할아버지는 아마도 욱해서 순간적으로 사랑하는 할머니를 살해했을 것이다.

　나이 많은 어르신이 치매 할머니를 간호하느라 얼마나 힘들었을지 짐작이 간다. 할아버지는 치매 환자를 돌보며 정신적으로 육체적으로 지쳐 있었을 것이다. 예측하건대 앞으로는 이런 가정이 나날이 늘어날 것이다.

　말로만 복지를 할 것이 아니라 실제로 도움이 되는 복지가 필요하다고 본다. 간병살인자가 된 할아버지를 경찰서로 데려갈 것이 아니라 병원으로 먼저 데려가야 한다는 생각이다. 간병살인 할아버지가 받았을 정신적 충격과 현실을 감안해 할아버지의 입장에서 살펴야 한다. 완전한 치매 치료가 불가능한 현재의 상황에서 한국뿐만 아니라 전 세계적으로 치매는 인류의 재앙이 될 것이다.

　나는 언제부터인지 치매 사전검사 전도사가 됐다. 선배, 후배, 친구들에게 부모님의 사전 치매 검사를 해보라고 하고 확인까지 한다. 각 지역의 보건소에서는 노인들의 사전 치매 검사를 실시하고 있다. 그런데 몰라서 검사를 못 받는 어르신들도 있지만, 멀쩡한데 왜 치매 검사를 받아야 하느냐며 권유하는 자식들과 다투는 어르신들도 있다. 어쨌든 사전 치매 검사를 노인들에게 강제적으로 실시해야 하지 않을까 싶다.

나도 어느 날부터 단어가 빨리 생각이 안 나거나 이름이나 사물이 바로 튀어나오지 않았다. 그렇다고 아예 생각이 안 나는 것이 아니라 멈칫했다가 바로 생각이 난다. 기억력도 좋고 외우기도 잘하던 내가 어제 한 영어 공부가 다음 날이면 생각이 잘 나지 않는다.

친구들은 나이 탓이라고 했지만 나는 불안했다. 그래서 인터넷을 검색해 사전 치매 검사를 해보았다. 다른 이상은 없었다. 단지 단어를 말할 때 머뭇거리는 것이 문제였다.

아마도 이 글이 끝나면 나도 정식으로 치매 검사를 받을 것이다. 신경정신과에서는 스트레스나 활동 중단에서 오는 압박감의 영향일 거라고 했다. 하지만 밥보다 약을 더 많이 먹는 내가 안심할 수는 없다.

그리고 병원 입원을 권유받았던 만큼 이 글이 끝나면 대학병원에 입원해 여러 가지 검사를 받을 것이다. 이미 대학병원에 예약을 해놓았지만 급할 때는 언제든 응급실로 들어오라는 말도 들었다.

치매 환자를 보살피는 보호자의 정신적·육체적 건강은 누구도 장담할 수 없다. 사실 관심도 받지 못한다. 직접 같이 생활하며 겪지 않은 사람들은 모른다. 특히 잠시 들러서 보고 가는 가족들은 이해하지 못한다.

치매 엄마를 지켜보면서 느낀 것은 같이 생활하는 사람들에게 보여주던 행동을 가끔 찾아오는 사람들에게는 절대 하지 않는다는 것이다. 그러다 보니 모든 것이 엄살로 보인다. 내 마음을 알아주고 다독거려준 사람은 언니 같은 요양보호사였다.

아이러니하게도 치매가 오기 전 엄마와 드라이브를 가면 들르던 주유소 앞에 건물을 짓고 있었다.

"저 건물은 빨리도 짓네. 여기는 논밭에다 주유소만 있는데 무슨 건물이라니?"

"글쎄요. 갑자기 무슨 건물인지 저도 궁금하네요. 주유소 아저씨한테 물어볼게요."

주유소 아저씨가 요양원을 짓는다고 말해주었다.

"이런 벌판에 요양원이라니, 감옥이나 다름없네."

이런 대화를 했던 기억이 생생한데, 엄마가 요양원을 가야 할 신세가 됐다. 한 치 앞도 알 수 없다는 말이 나와 엄마의 이야기가 된 것이다.

나는 죽을 만큼 힘들 때면 내과와 신경정신과를 오가며 버텼다. 엄마가 요양원으로 갔을 때 나도 그곳에 방 하나 얻어 쉬고 싶었다. 하지만 나는 요양 등급이 없어 매달 수백만 원의 입실 비용을 내야 한다고 했다. 엄마와 같이 지내며 쉬고 싶은 게 솔직한 심정이었다.

26

. . .

엄마와 함께한 요양병원 순례 여행

    엄마에게 요양원에 가자는 말은 절대 할 수 없었다. 요양원 이야기만 나오면 포악해지고 치매 증상이 악화된다는 것을 알고 있었기 때문이다. 하지만 내 건강도 엄마의 건강도 엄마가 요양원에 가지 않으면 안 될 시기가 왔다. 그동안 동생은 바쁜 와중에도 엄마가 지내기에 좋은 요양원을 찾아다녔다.

    "엄마, 진안이 어딘지 알지요? 내가 가봤는데 요양원이 아주 좋아요. 봄이면 산나물도 뜯을 수 있고, 엄마가 좋아하는 농사지을 땅도 있어요."

    동생이 설득하려 했지만 엄마는 화를 내며 돌아앉아 쏘아붙였다.

    "그렇게 좋으면 네가 가서 살아. 난 안 가!"

    동생의 설득은 허공으로 사라졌다.

    "왜 요양원에 보내려고 해? 그런 소리 하려면 오지도 마."

그 뒤 엄마의 분노는 나에게서 자신을 요양원으로 보내려
는 동생에게 옮겨갔다. 그리고 그처럼 큰아들을 부르짖던 엄
마는 큰아들을 나쁜 녀석이라고 했다.

"배은망덕한 놈! 나를 요양원으로 보내려고 해? 나 헛살았다."

엄마는 큰아들에게 배신감을 느끼고 며칠간 미워했다. 하지
만 큰아들이 찾아오면 언제 그랬냐는 듯 좋아했다. 아들에게
서 전화만 와도 힘이 솟고, 아들이 산책 가라고 운동 가라고
하면 두말없이 자리에서 일어났다. 요양보호사도 그걸 알아
서 엄마가 고집을 피우거나 기운 없어 할 때는 동생에게 전화
를 걸어 바꿔주었다.

추석을 앞두고 동생이 여행을 제안했다.

"추석이 내일이라면서 추석 준비 안 하고 어디를 놀러가?"

엄마는 차례 걱정만 했다.

"엄마, 여행하면서 맛있는 음식도 먹고, 재래시장에서 차례
상 준비도 할 거래요. 지방이 물건도 싱싱하고 싸잖아요. 나도
엄마 때문에 어디 가보지 못했으니 우리 바람 좀 쐬러 가요."

"그럼 가보자."

엄마는 자연스럽게 동생, 올케까지 모여 가족 여행을 떠난
다고 믿었다.

"어디까지 가는 거야? 왜 자동차를 이렇게 오래 타?"

사실 먼 거리는 아니었다. 서울에서 남양주까지 가는 동안
엄마가 먼 길을 간다고 생각했을 뿐이다. 우리는 동생이 미리

알아보았던 요양원에 도착했다.

안으로 들어가니 인상이 별로 안 좋은 여자 원장이 우리를 맞았다.

"우리는 가족이 여기서 함께 살아요."

원장 말로는 치매 노인들과 가족들이 한가족처럼 잘 지낸다고 했다. 할머니 몇 분이 군복무를 대체하는 젊은이의 시중을 받으며 식사를 하고 있었다. 가족들과 요양 온 할머니들이 지내기에는 장소가 너무 협소해 보였다. 나도 마음에 들지 않았는데, 엄마가 코를 싸쥐며 나가자고 재촉했다. 냄새가 너무 심하다고 했다.

밖으로 나오니 산책길도 없고 우리가 주차한 공간에 조립식 공장이 있었다. 그리고 자동차가 다니는 길을 사이에 두고 아파트촌이 형성되어 있었다.

"무슨 요양원이 이렇다니? 빨리 밥 먹으러 가자."

엄마뿐만 아니라 우리는 모두 고개를 저었다.

"엄마, 저기는 정말 안 되겠더라. 원장 인상도 나쁘고 잘해 줄 것 같지 않아. 저런 곳도 있구나 하고 넘겨요. 엄마, 뭐 드실래요? 드시고 싶은 거 얘기하세요."

"아무거나 먹어."

"그럼 돌아가신 이모가 사시던 이천에 가서 이천 쌀밥 정식 먹을까요?"

"그러자. 이천 쌀이 좋지."

그래서 이천 쌀밥 정식을 먹기로 했다.

이천을 향해 달리는데, 엄마는 밥 먹으러 왜 이렇게 멀리 가느냐고 성화였다. 사실 이미 추천받은 요양원이 이천 쪽에 있어서 이천 쌀밥집 이야기를 꺼낸 거였다. 요양원이 있는 곳이 이천시 장호원이었기 때문이다. 그곳은 조카가 친구의 초등학교 친구가 운영하는 곳이라고 추천한 요양원이었다.

엄마에게는 요양원이란 말을 하지 않아서 엄마는 드라이브이고 여행이라 믿었다. 얼마 뒤 우리는 이천 쌀밥 정식을 하는 곳에 도착했다.

"웬 사람이 이렇게 많아?"

"엄마, 맛집으로 소문이 나서 그래요."

우리는 자리를 잡고 음식을 시켰다. 그런데 맛있게 드실 줄 알았는데 엄마는 입맛이 없는 것 같았다.

"반찬 가짓수만 많지 젓가락 갈 데가 없네. 기껏 이 밥 먹으려고 그렇게 먼길을 달려왔냐?"

"맛있기만 하네요, 엄마. 난 밖에 나와서 다 같이 밥 먹으니까 좋기만 한데."

엄마는 끝내 반도 먹지 못했다.

"추석 준비는 언제 하려고 이러고 있어. 나가자."

엄마가 사람도 많고 시끄러운 식당을 답답해해서 커피 한 잔 마시고 출발하자고 큰 나무 아래 벤치에 앉았다. 동생은 엄마를 그네에 태워 밀어주면서 기분을 좋게 하려고 애썼다.

한참 쉬었다가 우리는 장호원의 요양원을 향해 출발했다.
엄마는 또 어딜 가냐고 투덜댔다.

"엄마, 우리 시골 구경 좀 하자고요. 그동안 가을 구경도 제
대로 못했잖아요."

"시골이 뭐 별거라고……."

"엄마는 항상 시골 가고 싶어 했잖아요."

큰길에서 좁은 길로 들어서니 작은 마을과 작은 교회가 나
타났다. 그리고 작은 길을 사이에 두고 양쪽으로 과수나무가
줄지어 서 있었다. 과수원길이 끝날 때쯤 동화에 나오는 집
같은 곳이 나타났다. 과수원에 둘러싸인 집 한쪽의 넓은 밭에
는 배추와 무가 가득했다.

원장님의 아버지는 순복음교회 목사라고 했다. 엄마가 수십
년을 다닌 교회의 목사님이라는 점과 손자의 친구라는 점이
엄마를 편안하게 했다. 게다가 엄마는 목사님과 원장님의 온
화한 모습을 보고 좋아했다. 특히 요양원 뒤로 돌아가 떨어진
밤을 주우며 무척 좋아했다.

"예전에 네 할아버지가 새벽에 밤 주우라고 할 땐 싫었는데,
여기 너무 좋다."

엄마는 요양보호사가 봉투까지 가져다주자, 이번에는 풋고
추를 따도 되느냐고 물었다. 그리고 집에 가서 먹겠다며 싱싱
한 고추도 따고 큰 왕대추도 땄다.

"저 많은 배추, 무는 누가 심었어요?"

"우리 요양원 식구들이 김장하려고 심었지요."

"목사님, 그럼 나 봄에 여기 상추랑 쑥갓 심어도 돼요?"

"네. 어르신이 심고 싶은 것 심을 만큼 마음대로 심으세요."

"나한테 땅 줄 거예요?"

"당연하지요. 마음대로 하세요. 그런데 어르신, 농사는 지어보셨어요?"

"당연하지요. 내가 몇 십 년을 농사지었는데요. 별별 거 다 심어봤어요. 진짜 땅 주는 거지요?"

"그럼요. 목사가 거짓말하겠어요, 어르신."

엄마는 한동안 못 갔던 농장을 다시 가질 수 있다는 데 신이 나셨다.

"어르신, 산책길도 한번 걸어보실래요?"

엄마는 산책로 옆으로 나 있는 고들빼기를 보며 더 기분이 좋아졌다.

"여기는 고들빼기도 많네요. 요 위에는 산나물도 있겠어요."

"네. 봄이면 나물이 많이 나요. 다 어르신 거예요."

"봄이 되면 정말 좋겠네요."

"어르신, 빙 둘러서 과수원이라 봄이면 살구꽃, 복숭아꽃이 다 펴서 꽃대궐이랍니다."

"참 좋네요. 공기도 좋고 조용하고 좋은 곳이네요."

"어르신, 안도 좀 구경하시고 차도 한잔하시지요?"

엄마는 앞서서 성큼성큼 안으로 들어갔다. 그리고 피곤하다며 침대에 벌렁 누웠다. 엄마가 잠깐 잠든 동안 우리는 설명도 듣고 요양원 안을 찬찬히 살펴보았다.

"혼자 계시는 것을 좋아하시면 1인실을 쓰실 수도 있고, 2인실을 쓰셔도 돼요."

설명인즉 요양보호사가 항상 곁에서 돌보고 간호사가 상주하며, 1주일마다 의사가 왕진도 오고 약도 가져다준다고 했다. 주방도 오픈 주방인데 아주 깔끔했다. 약은 간호사가 때맞춰 드시게 하고, 아침·점심·저녁도 시간 맞추어 드리고, 메뉴도 항상 바꾼다고 했다. 그리고 간식 타임에는 과일과 차를 드시게 한다는 것도 마음에 들었다. 그리고 매주 선생님들이 찾아와 여러 가지 인지 치료를 받고, 매일 산책을 시켜준다고 했다. 이곳에 있는 어르신들은 6명이고, 엄마가 오시면 7명이 될 거라고 했다.

우리가 설명을 듣고 둘러본 뒤 엄마에게 갔을 때 엄마는 이미 깨어 있었다. 요양보호사가 엄마에게 물었다.

"약초차가 있는데 무엇으로 드릴까요?"

"나는 녹차나 커피 말고 율무차를 주면 좋겠는데……."

엄마는 호불호가 확실하고 드시고 싶은 것은 꼭 드셔야 하는데 마침 율무차가 준비돼 있었다. 요양원에는 따뜻한 한방차가 마련되어 있었는데, 엄마는 기어이 율무차를 타오란다.

요양원에서 잠깐 있으려니 엄마는 또 추석 준비해야 하니 빨리 가자고 재촉했다. 그리고 밖으로 나와 다시 한 번 둘러

보더니 생각지도 못한 말을 꺼냈다.

"목사님, 원장님, 나 여기 와서 살아도 돼요?"

"어르신, 여기는 언제든 살고 싶으실 때 오세요. 다른 사람이 들어오면 못 오니까 너무 늦게 오시면 안 되고요."

"나 여기서 살고 싶어요. 나 밭도 줄 거지요?"

"그럼요. 야채도 많이 키워서 자제분들 나눠주시고, 언제든 어르신 보러 올 수도 있어요. 명절 때는 집에 가서 가족들과 지내도 되고요. 여기서는 하시고 싶은 대로 하세요."

엄마는 이곳 요양원은 냄새도 안 나고, 깨끗하고, 사람들도 친절하고, 넓고 좋다고 했다. 기분 좋게 요양원을 결정한 것이다.

집으로 돌아오는 길에 이천 재래시장에 들러 명절 음식과 재료들을 샀다. 엄마는 재래시장이 너무 마음에 든다고 했다. 시장 골목을 누비며 이것저것 고르고, 정말 옛날 명절 분위기가 난다며 즐거워했다.

중요한 것은 요양원에 대한 부정적인 생각이 완전히 사라졌다는 점이다. 그동안 말로만 듣고 뉴스로만 봤던 요양원 시설이 아니었던 것이다.

"엄마, 요양원도 비싼 곳은 별장 같지요? 그리고 말동무 친구도 있고 산책도 함께 해주고 엄마가 심고 싶은 야채도 심을 수 있으니 얼마나 좋아요."

"그래, 마음에 들어. 나 거기로 갈 거야."

우리는 요양원 순례 여행으로 요양원에 대한 엄마의 고정

관념을 깰 수 있었다.

이제 요양원에 대한 부정적인 인식을 바꿔야 할 때다. 아직도 많은 노인이 요양원을 자식들에게 버려지거나 죽으러 가는 곳으로 인식하는 것 같다. 노령인구와 치매 환자의 증가로 전문적이고 쾌적한 요양 시설이 많아져야 되고, 실버 주택도 늘려야 할 시기라고 본다. 이 세상 누구도 장담할 수 없는 치매와 늙어가는 현상을 막을 재간은 없다.

엄마가 요양원 순례 여행을 하고 스스로 결정할 수 있게 한 것은 참 잘한 일이었다. 자식들이 무작정 요양원으로 모시고 가면 치매 환자에게 충격을 줄 수 있다. 치매 환자라고 해서 계속 치매 상태는 아니다. 치매 현상이 없을 때는 생각도 하고 판단할 줄 안다. 그런 사람을 무작정 요양원으로 모시고 가면 치매 행동도 나빠질 수 있고 새로운 환경에서 스트레스를 많이 받을 수 있다.

그래서 우리는 엄마에게 시간을 주기로 했다. 재촉하지도 강요하지도 않고 가끔 엄마가 가실 요양원에 대해 좋은 이야기만 하며 기다렸다. 엄마는 이제 요양원 얘기를 해도 발끈하지 않았다. 그 대신 요양원에 가서 무엇을 심고 가꿀 거라고, 산나물도 뜯을 거라고 즐거워하면서 과일나무도 심겠다고 했다. 요양보호사도 곁에서 채소를 많이 심어 나눠달라고, 놀러가도 되느냐며 거들었다. 이제 요양원 가는 문제로 부딪치는 일은 없었다.

27

⋮

엄마의 요양원 입소 준비

엄마는 요양원에 입소하겠다는 마음을 먹긴 했지만 가끔은 "나 요양원 가지 말까 봐?" 했다. 엄마의 마음이 오락가락하고 있었다.

그때마다 목사님이 하신 말씀을 들려주었다.

"엄마, 목사님이 그랬잖아요. 오겠다고 연락 온 사람이 있으니 너무 미루면 그 사람이 올 거라고요. 그만큼 좋은 요양원은 진안에 있다는데, 그렇게 멀리 가고 싶어요?"

그즈음 구순의 고모가 엄마를 부러워하며 말했다.

"나도 가고 싶지만 그렇게 큰돈을 대줄 아들이 없어서 못 가네. 둘째네 회사가 부도만 없었어도 날 보내줄 텐데. 자네는 복 받았네. 나도 가고 싶어."

엄마는 내게 고모도 보내주면 안 되느냐고 물었다.

"엄마, 아들이 네 명이나 있고 세무사 남편 둔 부자 딸도 있는데 왜 우리가 나서요? 우리 부도났을 때 안 막아준 거 잊었어요?"

엄마는 자매 같은 고모와 같이 가고 싶어 했지만 내가 나설일은 아니었다.

"엄마 우리 쇼핑 가요. 가을옷이랑 겨울옷도 사고 맛있는 것도 먹자고요."

다른 때 같으면 왜 돈을 쓰러 나가냐고 한소리 했을 텐데 엄마는 외출복으로 갈아입히는 동안 아이처럼 들떠 있었다. 나는 엄마를 미리 보아두었던 가게로 모시고 갔다.

"엄마, 바지보다는 원피스가 좋을 것 같으니까 원피스도 몇개 고르고 다른 것도 골라봐요."

"난 이 꽃 분홍이 좋다."

엄마가 처음 선택한 옷은 실크 극세사로 된 분홍 바지가 있는 옷 한 벌이었다. 엄마는 언제 나처럼 옷값을 물었고, 너무 비싸다며 사지 말자고 했다. 괜찮다고 달래서 그 옷을 구입하고는 요양원에서 요양보호사들이 관리하기 편하고 따뜻해 보이는 융 원피스를 네 장 골랐다.

"왜 이렇게 옷을 많이 사? 돈만 있으면 다 쓰려고 하는 버릇, 아직도 못 고친 거냐?"

"엄마, 지금 세일이잖아. 지금 못 사면 비싸게 사야 돼요. 어차피 매일 옷 갈아입어야 하고, 하루에 두세 번 갈아입을 때도 있는데 여러 개 있으면 좋잖아요. 그냥 사요. 내가 사주고 싶어서 그래."

"너 평생 백화점 가서 내 옷만 사줬잖아. 너도 사."

"엄마, 난 엄마보다 옷이 더 많고 외국 나갈 때마다 내 옷만
사왔어요. 그러니 걱정 말고 입으세요."

"좋긴 하다만 돈을 그렇게 많이 써서 어쩌니?"

"난 엄마가 기분 좋게 따뜻하게 입으면 좋아."

"나 피곤하다. 그만 가자."

"엄마, 따뜻한 겨울 내복도 사야 하고 밥도 먹으러 가야 하
는데요?"

"애가 미쳤나 보네. 무슨 옷을 한 보따리 사고도 또 사. 나
빨리 집에 데려다줘."

이 상태로는 쇼핑도 엄마와 식사하러 가는 것도 무리였다.
일단 포기하고 집으로 모시고 왔다.

엄마는 집에 오자마자 침대에 누워서 피곤하게 했다고 나
를 나무랐다.

"밥이나 차려."

"뭐 드시고 싶어요? 입맛 없으면 카레 어때요?"

"스프 해줘. 양송이 말고 브로콜리로."

엄마는 브로콜리 스프를 평소보다 더 많이 먹고는 이제 그
만 자야겠다고 했다. 그래서 비위를 맞추느라 운동도 저녁으
로 미루고 주무시게 했다.

엄마가 잠든 것을 보고 집을 빠져나와 두꺼운 내의 세 벌과

양말 다섯 켤레를 사 가지고 돌아왔다. 평소 입던 내의도 있었고 양말도 많았지만, 새것으로 더 채워서 보내고 싶었다.

엄마를 요양원에 보낼 준비를 하러 다니는 동안 왜 그리 눈물이 났는지 모른다. 내가 끝까지 엄마를 모시지 못한다는 죄책감 때문이었던 것 같다. 언제나 마음만 먹으면 갈 수 있는 거리에 계시겠지만 마음이 우울했다.

새로 사온 옷들을 세탁해서 엄마에게 입혀드렸다. 새 옷을 입게 해서 입소용 옷이라는 생각을 가지지 않게 하기 위해서였다.

"옷 참 잘 샀다. 너무 좋다."

엄마는 새 옷을 모두 마음에 들어 했다.

"옷이 따뜻하고 가볍고 입기도 편해. 역시 돈을 많이 주니까 좋다."

엄마를 요양원에 보낼 때가 가까워오자 구하기 힘든 식재료도 구해서 어렵게 한 가지씩 만들었다. 엄마의 추억 음식을 만들면서 요즘 차분해지고 정신이 맑을 때가 더 많은 엄마가 궁금했다.

요양원이 그리 나쁜 곳이 아니어서 그곳에 가면 좋은 일이 더 많을 거라고 생각하는 것 같았다. 그전에는 요양원에 가시게 한다는 말에 분노를 많이 표출했다. 자신이 쓸모없는 사람이란 생각도 하고, 자신이 할 일이 아무것도 없고 자식들에게 피해만 준다고 생각해 자기분노도 많았다.

어르신들에게는 작든 크든 자기만의 일이 있는 것이 좋을 것 같다. 어떤 목표가 있는 것도, 책임져야 할 일이 있는 것도 치매 환자에게는 도움이 된다고 믿는다. 엄마가 갈 요양원에는 있는 분들은 짧게는 5년, 길게는 10년씩 건강하게 생활하고 있었다. 거의 구순 어르신들이고 무척 밝은 모습이었다. 내 집처럼 아주 편안하게 사셨다.

요양원 입소를 위한 준비는 엄마 몰래 조금씩 해나갔다. 짐을 꾸릴 때는 엄마가 눈치채지 못하게 조금씩 빼내서 준비했다. 결코 서두르지 않고 눈에 띄지 않게 하려고 힘썼다. 그런데 그만 엄마의 눈에 띄고 말았다.

"왜 신발은 다 꺼내고 그래? 왜 담는 거야?"

"신발장에 신발이 너무 가득해서 밖에 내놓고 자주 신는 신발만 정리해놓으면 찾기도 쉽고 편할 것 같아서요."

"그래. 계절마다 올려놓으면 좋지. 부츠까지 올려놓으니 좀 답답하더라."

엄마에게 들켰지만 무사히 넘어가 신발들을 포장할 수 있었다.

그런데 짐을 포장하다 보면 사어 넣어야 할 것들이 자꾸 생겨났다. 이러다가는 끝이 없을 것 같았다. 계절별로 이불을 포장하다가 필요할 때 언제든 사서 찾아가면 된다는 쪽을 생각이 바뀌었다.

몇 년을 가족처럼 함께한 요양보호사도 엄마도 헤어지는

것을 무척 서운해했다. 엄마는 빨리 가지 않으면 자리를 빼앗
긴다는 말에 마음을 다졌다. 그런데 동생은 엄마가 요양원에
들어가기 이틀 전 미리 계획되어 있던 한 달간의 해외 출장을
떠났다. 자식들이 항상 해외에서 공부하거나 출장이 잦았기
때문에 엄마는 아무렇지도 않았다. 내가 곁에 있어 불안하지
않은 것 같았다.

　요양원에 들어갈 짐이 다 꾸려지고 이제 정말 떠날 시간이
가까워졌다. 하지만 엄마에게 짐을 보여주지 않으려 자동차
트렁크 안에 미리 넣어두었다.

28

⋮

엄마가 요양원에 가다

가을 하늘은 높고 맑았다. 무더운 여름이 언제 있었냐는 듯 바람은 솔솔 불고 단풍이 물들기 시작했다. 엄마는 그토록 좋아하는 손자가 운전하는 자동차를 타고 드라이브를 하는 것처럼 기분이 좋아 보였다.

"할머니, 저 운전 잘하지요? 고등학교 때는 불안해했는데."

"그때는 네가 어렸잖아. 한국 운전면허도 없고 농장 들어갈 때 잠깐씩 했는데 뭘."

"지금은 삼촌들보다 더 잘하지요?"

"응. 큰삼촌처럼 차분하게 잘해. 난 네 엄마 차를 탈 때랑 큰삼촌 차를 탈 땐 편안했어. 네 아빠도 운전을 참 잘했지."

"할머니, 요양원 좋아요?"

"응. 너도 가서 보면 알 거야. 참 좋아."

"저한테도 이제 시골 할머니 집이 생기는 거네요. 친구들이 시골 할머니 집 간다고 하면 부러웠는데."

손자는 요양원에 입소하러 가는 길에 할머니 마음을 편하게 해주려고 애썼다.

"할머니, 제가 엄마랑 자주 놀러 가서 여행도 다니고, 우리 맛있는 것도 먹으러 다녀요. 과수원이니까 과일도 싱싱한 것만 드실 수 있겠네요."

"있어 봐야지. 뭐."

"그래요. 언제든 집에 오시고 싶을 땐 올 수 있다니까 모시러 올게요."

"넌 다시 외국으로 나간다면서?"

"할머니, 이번에 나가는 곳은 미국이 아니라 호주로 돈 벌러 가요. 돈 많이 벌어서 할머니 좋은 거 많이 사드릴게요. 이제 학생이 아니니까 언제든 올 수 있어요."

"그랬으면 좋겠구나."

"할머니가 건강하셔야 호주 우리 집에 와서도 살 수 있어요. 미국 삼촌네보다 더 좋은 곳이에요. 무조건 운동 열심히 하고 나으려고 노력해야 하는 거 알지요?"

그때 엄마가 소변이 급하다고 하는 바람에 아들은 쉼터를 찾아 자동차를 세웠다. 엄마는 자동차가 가려준 숲으로 들어가 소변을 보고 돌아오며 소풍을 가는 것 같다고 했다.

우리는 준비한 간식과 음료를 마시며 함께 시간을 보냈다. 엄마는 자동차도 많이 안 다니고 벤치도 있으니 좀 쉬고 싶다고 했다. 그렇게 한동안 풍경을 바라보던 엄마가 이제 가자며 자리에서 일어섰다.

우리는 시끄러운 고속도로를 피해 한적한 지방도로를 택했기 때문에 시간이 좀 오래 걸렸다. 그래도 엄마가 여유롭게 바깥 풍경도 구경하고 언제든 차를 세울 공간이 있어 쉬엄쉬엄 갔다. 동승한 모리도 할머니 품에서 신이 났다.

시계를 보니 좀 늦어서 원장님께 전화를 걸어 저녁을 먹고 가겠다고 말씀드린 뒤 엄마에게 물었다.

"엄마, 뭐 드시고 싶어요?"

"먹고 싶은 건 없어. 그냥 아무 데나 가서 먹자."

엄마가 메뉴를 고민하는 동안 아들이 저곳이 어떻겠느냐고 물었다. 요양원이 가까운 도로가에 뷔페식당이 보였다.

"엄마, 드시고 싶은 것만 골라 먹을 수 있는 뷔페식당 어때요?"

"좋아. 가자."

자동차에서 내리니 모리는 넓은 공간에서 어쩔 줄 몰랐다.

"모리도 차 안에서 답답했었나 보다. 좀 놀게 해줘."

"자동차들이 많이 다녀서 안돼요. 우리가 볼 수 있는 저 위 벤치에 묶어놔야겠어요. 우리부터 먹고 산책을 시키지요."

엄마는 모리 혼자 밖에 두고 들어가며 안쓰럽다고 했다.

우리는 자리를 잡고 접시를 들고 취향대로 담으며 엄마를 도왔다.

"난 나 먹고 싶은 거 먹을 테니 너희들 거나 챙겨."

엄마는 평소 뷔페에서 잘 안 먹던 파스타와 고기 종류부터 샌드위치와 샐러드까지 담아 가지고 왔다. 나는 엄마가 좋아하는 브로콜리 스프를 좀 가져다 드렸다.

"여기 맛있는 게 많네. 메밀국수도 본 것 같은데 좀 가져올래?"

엄마는 평소보다 맛있게 드셨다.

"할머니, 더 드시고 싶은 게 있으면 제가 담아 올게요. 말씀하세요."

"아냐. 너나 먹어. 내가 둘러보고 가져올 거야."

엄마는 자리에서 일어나 이번에는 한식 몇 가지와 후식까지 들고 왔다. 평소 식사량의 두 배쯤을 거뜬히 드셨다. 음식을 먹으면서도 여기 좋다, 음식이 맛있다는 말을 계속했다. 아침도 대충 먹고 점심은 싫다고 안 먹었으니 아마 배가 고픈데다 음식이 입에도 맞았던 것 같다.

우리가 식사를 먹는 동안 관광버스 한 대가 들어와 식당이 시끄러워졌다.

"엄마, 어디서 단체 관광을 온 모양이에요. 신경 쓰지 말고 많이 드세요."

엄마가 식사를 하다 말고 귓속말을 했다.

"나 화장실 좀 가고 싶어. 대변이야."

나는 엄마를 모시고 화장실에 가서 대변을 해결했다. 식사하는 손자에게 안 들리게 귓속말을 한 것이다.

"엄마 손 씻으셔야지요."

"그래. 나 더 먹을 게 남았어. 불고기 맛이 좋아서 더 먹을 거야."

시원하게 비워낸 엄마는 다시 불고기와 잡곡밥과 김치를 담아 들고 왔다.

"엄마, 할머니가 과식 하시는 거 아니에요?"

아들은 할머니가 걱정 된다며 소화제를 사 가지고 왔다. 엄마는 소화제까지 먹고는 커피를 한잔 마시자고 했다. 우리는 모리를 묶어둔 야외 테이블에서 커피를 마셨다.

"정말 오랜만에 내가 맛있게 먹었다."

엄마의 표정은 무척 만족한 모습이었다. 우리가 커피를 마시는 동안 모리와 근처를 산책하고 바람도 쐬었다.

"그만 가자. 너무 오래 있지 않았니?"

엄마는 빨리 요양원으로 가자고 재촉했다. 사실 요양원에 모시고 오기로 한 날 아들과 나는 걱정이 가득했다. 갑자기 집으로 돌아가자고 할까 봐 마음을 졸였다.

요양원으로 가는 길은 과수나무가 늘어서 있고 자동차 한 대가 경우 지나갈 정도의 길이었다. 한참을 들어가니 예쁘고 깨끗한 집 두 채가 나타났다. 안쪽에는 하얀 집, 앞쪽에는 붉은 벽돌집이 있었다. 공터에 자동차를 세우고 다가가니 하얀 집에 '목양 어르신의 집'이라고 쓰여 있는 게 보였다. 이미 한

번 와본 곳이라 엄마는 먼저 목양의 집으로 걸어갔다.

잠시 후 원장님과 요양보호사, 간호사가 나오고 목사님도 나오셨다. 모두 엄마를 반겼고, 요양원에 묵고 계신 할머니들도 잘 왔다고 인사를 했다.

엄마의 방은 입구를 들어서면 오른쪽에 있었다. 옷장과 침대 하나가 간결하게 놓여 있었다. 아들이 엄마 짐을 가져왔고, 나는 엄마의 분홍 이불과 베개를 침대로 옮겼다. 그리고 남은 이불과 옷을 정리하려는데 요양보호사가 만류했다.

"나가셔서 차나 한잔하세요. 우리가 다 정리할 거예요."

우리는 응접실로 나가 차를 마시며 원장님과 목사님, 요양사보호사와 대화를 나누었다.

"내 방 창으로 햇빛도 잘 들어오고 창밖 풍경도 좋네요."

엄마는 방이 마음에 드는 모양이었다.

"나 걱정하지 말고 어둡기 전에 올라가."

엄마가 옆에서 재촉했다. 엄마와 어떻게 헤어질지 몰라 마음이 무거웠는데, 엄마는 집에 온 것처럼 편안한 모습으로 우리를 배웅했다. 우리의 걱정은 기우였다.

"엄마, 큰아들 출장 갔다 오면 바로 올 거예요. 나도 친정이 생겼으니 자주 놀러 올게요."

엄마는 손까지 흔들며 우리 모자를 배웅해주었다. 덕분에 요양원에서 돌아오는 우리의 마음도 많이 편안해졌다.

하지만 집에 도착해서 불 꺼진 이층을 보니까 울컥했다. 그 뒤로도 나는 하루에 한 번은 엄마 집에 들러 엄마 살림을 정리해나갔다. 엄마의 짐들은 모두 쓸모 있는 새것들이라 이웃에서 가져가기로 했다. 침대 하나는 손님방에 옮겨두었다가 이웃 독거노인에게 드렸다. 안방 침대는 행여 엄마가 침대에서 떨어지기라도 할까 봐 꽤 컸는데, 아는 옆집 아주머니가 달라고 해서 드렸다. 구입한 지 얼마 안 된 TV는 내 친구에게 주었다.

엄마가 요양원에 갈 무렵 고장 난 큰 세탁기와 아무도 가져가지 않는 정수기, 가스레인지, 이불장, 전자레인지는 버려야 했다. 그리고 옷가지는 너무 많아서 이틀에 걸쳐 버렸다. 에어컨은 다음에 살러 올 사람을 위해 그냥 두었다.

엄마의 짐이 있을 때는 매일 문을 열어도 엄마가 잠시 외출한 것 같았지만, 짐을 다 치우고 나니 허전함에 견디기가 힘들었다. 외출했다가 돌아오면 이층 문을 열었지만 엄마가 없는 집은 쓸쓸하기 짝이 없었다.

옥상을 올라가도 엄마 생각이 나고, 골목을 나서도 엄마 생각뿐이었다. 가슴이 뻥 뚫린 기분이었다. 한동안은 새벽에도 이층으로 올라가 문을 열고 엄마가 안전한지 살피려 했다.

공허함이 찾아왔고 엄마를 모시며 찾아온 트라우마로 인해 나는 몹시 불안정했다. 그 불안함으로 일상생활도 못할 만큼 나는 넋을 놓고 살았다. 내가 무엇을 할지도 모르겠고, 무엇을 해야 하는지 생각도 떠오르지 않았다. 몸도 여기저기 자꾸 아팠다.

  나는 외출도 하지 않고 누구를 만나지도 않았다. 그냥 누워 지냈다. 내가 살아 있다는 것조차 의식할 수 없었다.

29

⋮

엄마의 요양원 적응기

몸과 마음이 무너지면서 엄마에 대한 걱정이나 허탈함도 사라지고 거의 넋이 나간 상태로 지냈다. 내가 언제 죽어도 이상할 일이 아니라는 생각마저 들었다.

나는 몸도 정신도 스스로 컨트롤할 상태가 아니었다. 병원을 이곳저곳 찾아다니며 조금씩 아픈 몸을 치료해나갔다. 그러는 동안 영상통화로 엄마의 상태를 확인했다. 한동안은 언제 데리러 오느냐고 물었는데, 점점 요양원 생활에 적응해나갔다. 엄마가 잘 적응하고 있어 내 마음의 불안도 덜했다.

그런데 동생의 출장 기간이 늘어나 나는 엄마에게는 아들 같은, 동생의 가장 친한 친구와 엄마를 만나러 갔다. 엄마의 표정은 무척 밝고 편안해 보였다. 특히 발걸음이 아주 가벼워 보였다.

"네가 여길 어떻게 왔냐? 하나도 변한 게 없구나. 나이를 먹어도 똑같네. 너무 반갑다."

엄마는 동생 친구의 이름도 다 기억했다.

동생이 유학하는 중에 아버지가 돌아가시자 동생의 친구는 엄마가 허전해할까 봐 매주 엄마를 찾았다. 그리고 같이 난을 캐고 난 키우는 법을 알려준 것을 엄마는 잊지 않고 있었다. 엄마는 멀리 있는 아들을 대신해 그 친구를 아들로 생각하고 의지했다.

요양원에 승낙을 받고 엄마를 모시고 밖으로 나왔다. 함께 식사를 하기 위해서였다.

"어머니, 뭐 드시고 싶으세요?"

동생의 친구가 묻자 엄마는 먹고 싶은 게 없다고, 얼굴 본 게 더 좋다고 했다.

"멀리 가지 말고 아무거나 먹자."

나는 입소하기 직전 엄마가 맛있게 식사를 했던 뷔페식당으로 가자고 했다. 동생의 친구는 친아들처럼 엄마를 잘 챙겼다. 누가 보아도 모자 사이 같았다.

식사를 마치자 엄마는 어둡기 전에 올라가라고 재촉했다. 그리고는 입소 때와 마찬가지로 손을 흔들어 배웅해주었다. 엄마의 편안한 모습을 보고 오니 마음이 한결 가벼워졌다.

엄마는 방이 넓어서 춥다고 2인실로 옮겨 지내고 계셨다. 말동무도 있고 하니 좋을 것 같았다. 항상 혼자 지내온 엄마가 좀 불편하지 않을까 걱정했는데 잘 지내신다고 했다.

그런데 얼마 뒤 요양원 원장과 통화하다 우려한 일이 벌어졌다는 것을 알았다. 치매 현상이 시작되어 갑자기 집에 가시겠다고 했단다. 원장님은 버스 타는 곳까지 데려다드리겠다고 함께 걸었다고 했다.

엄마는 얼마 가지 않아 다리도 아프고 허리도 아프다며 얼마나 더 가야 하느냐고 물으셨단다. 원장은 아직 버스정류장까지는 한 시간을 더 걸어야 하고, 버스 타고 다시 기차 타고 지하철 타려면 밤늦게나 도착할지 어떨지 알 수 없다고 했다. 그러자 엄마는 끌고 간 휠체어에 앉으셨다고 한다.

"나 안 갈래. 집으로 돌아가."

엄마는 힘들었던지 그 뒤로는 다시는 집에 가겠다고 하지 않으셨단다. 난 그동안 엄마가 시골 가신다고 하면 몇 시간을 가야 한다며 말렸다. 만약 그때 원장님처럼 했다면 엄마가 자꾸 짐을 싸서 나가는 일은 없었을 것이다. 지금은 집에 가겠다고 고집을 부리지 않지만 치매 증상이 오면 주변 사람들과 부딪친다고 했다.

큰동생은 내가 몸을 추스르고 글을 쓰는 동안 혼자 엄마를 만나러 다녔다. 엄마가 좋아하는 것도 사가고 새 옷도 사주고 드시고 싶다는 음식도 사주었다. 뿐만 아니라 호텔을 잡아 엄마와 밤을 보내며 엄마를 보살피기도 했다. 동생의 등장은 엄마에게 가장 신나는 일이었다.

요양원에는 가족들이 명절에도 모셔가지 않고 면회 오는

사람도 없어 쓸쓸하게 지내는 할머니들도 있다. 그런데 엄마는 좋아하는 큰아들이 정기적으로 찾아와서 즐겁게 해준 데다 갈 때마다 할머니들과 함께 먹을 과일이나 과자들을 챙겨 갔으니 우쭐하며 기분이 좋았을 것이다. 가장 믿음직하고 가장 좋아하는 아들의 면회는 그러잖아도 센 엄마의 기를 더 세게 만들었다.

그러다보니 치매 상태가 오면 할머니들에게 물 가져와라, 차 가져와라 하고 명령하듯 한다는 것이다. 집에서 했던 왕비 노릇을 요양원에서도 그대로 한 것이다. 결국 함께 지내던 할머니와도 다툼이 잦아져 본래 입소했던 1인실로 방도 옮겨야 했다.

매달 보호자에게 보내오는 가정통신문 같은 것이 있는데, 엄마의 그런 행동이 항상 문제였다. 큰동생은 자기가 엄마를 자주 찾아간 게 원인인 것 같다고 했다.

나는 엄마에게 자극을 줄 필요가 있다고 생각했다.

"엄마 잘 지내요? 오늘 요양원에서 보내온 통지문을 받았어요. 엄마가 어르신들과 다투고 해서 문제가 심각해요. 1인실로 갔다면서요? 엄마가 계속 그러면 다른 어르신들이 불편해서 엄마가 나가야 한대요. 엄마가 자꾸 그러면 당숙 부부가 있던 안 좋은 지방 요양원으로 갈 수밖에 없어요. 그러면 멀어서 우리가 자주 갈 수도 없고, 엄마는 마음에 안 드는 수용소 같은 곳에서 지낼 수밖에 없어요."

"나 요즈음은 안 그래. 내가 뭘 어쨌다고……."

"치매 상황이 오면 그러니까 엄마는 모르지요. 사람들에게 친절하게 하고 잘 지내야 돼요. 우리도 요양원에서 나가라면 어쩔 수 없어요. 엄마 혼자만 사는 데가 아니잖아요. 그리고 운동도 잘 안 해서 다리 힘이 없다던데, 몸이 건강해야지 누워서 지낼 거예요?"

"안 그럴게. 봄 됐으니 채소도 심고 가꾸려면 밭에 나가 일할 거니까 운동도 잘하고 사람들과도 잘 지낼 거야."

사실 요양원에서 엄마가 가장 젊다. 대부분 구순이 넘은 어르신들이다. 엄마에게는 자주 찾아오는 아들이 있는 데다 가장 젊기 때문에 일종의 갑질로 이어졌던 것 같다.

우리나라 최고의 실버타운이란 곳에도 엄마 같은 사람들이 많다고 한다. 보증금 3억에 1인당 300만 원씩이라는 이곳은 입소 전 사회 저명인사들이 부부끼리 또는 혼자 많이 들어와 있다고 한다.

"여기는 회장이었던 사람은 여전히 회장이고, 군 출신은 장군이었던 사람이 대령 제대자에게 명령해. 같이 늙어가는데 장군은 영원한 장군인 거지. 돈 많은 사장은 역시 돈으로 사는 거고. 여기에도 사회의 계급이 그대로 있어."

아는 분의 말씀이 참 씁쓸하게 들렸다.

시설에 들어가는 사람들은 살아온 환경도 다르고 성격도 모두 다르다. 게다가 치매가 있는 사람들은 치매 상황이 오면 자신을 제어할 수 없다. 그러다 보니 충돌도 잦아서 요양원과 보호자의 협력이 필요하다.

동생이 설날에 가족과 함께 보내기 위해 엄마를 자기 집으로 모셔왔다. 올케는 평소처럼 명절 분위기를 느끼게 하려고 엄마와 차례 준비를 했다. 그런데 엄마가 올케에게 요양원 자랑을 하더란다.

"음식도 맛있고, 사람들도 친절하고, 과일도 아주 신선한 것만 준다. 너무 좋아."

명절을 보낸 뒤, 엄마는 고모가 보고 싶다고 고모 집으로 가셨다. 구순의 고모는 엄마와 친자매처럼 살아왔다. 고모의 며느리는 요양보호사 자격증도 있고 고모를 모시고 있어 우리보다 더 잘 모셨다.

그렇게 이틀을 고모 집에서 보내고는 고모에게 "우리 집 구경도 하고 함께 가자"고 했다고 한다. 엄마는 요양원을 '우리 집'이라고 표현했다. 엄마는 요양원을 고모에게 자랑하고 싶어 했다.

그래서 동생이 고모와 올케까지 데리고 요양원에 다녀왔다. 요양원을 보고 온 고모는 환경이 너무 좋더라고 했다. 고모는 엄마와 함께 요양원에 가면서 엄마가 다시 돌아오겠다고 할까 봐 걱정했다고 털어놓았다. 그런데 또 놀러 오라며 배웅하는 모습을 보고 놀랐다고 한다. 엄마는 아직도 기억하는 것이 많고, 우리들도 잊지 않고 사시니 감사할 뿐이다.

이제 치매 환자 문제는 개인의 일로만 볼 수 없다. 사회의 일이고 국가의 일이 됐다. 누구나 노인이 되고 노인 10명당 1명은 치매 환자다. 그러니 나는 치매 환자가 안 될 것이라고 장담할 수 있는 사람은 없다.

특히 요즘처럼 한 자녀 가정, 맞벌이가 대세인 상황에서는 누가 치매 환자를 관리하고 돌볼 것인지도 생각해봐야 할 문제다. 치매는 조기 발견도 중요하지만, 초기에는 겉으로 보기에 잘 생활하는 것 같으니 약을 잘 챙겨 먹을 수 있게 아침약, 저녁약을 나눠놓고 먹게 해야 한다. 혼자 지내는 분이라면 더 그렇다.

나 역시 가장 후회되는 점이 이것이다. 약을 시간에 맞춰 드시라고 매일 전화하고 물었다. 이것이 내 실수라는 것을 뒤늦게 알았다. 치매 환자들은 약을 안 먹고도 먹은 것으로 착각하거나 먹고도 안 먹었다고 착각하고 또 약을 먹는다. 그래서 어느 약은 남고 어느 약은 부족하게 된다. 초기 때 약만 제 시간에 챙겼어도 엄마의 치매가 초기 상태를 더 오래 유지했을 것이다.

그래서 요즘처럼 혼자 살기를 원하는 부모 세대가 많은 것을 나는 우려한다. 나 역시 하나밖에 없는 아들이 한국에 살지 않으니 혼자 늙어갈 수밖에 없을 것이다. 그렇다고 외국에서 바쁘게 사는 남편에게 의지할 수도 없다.

치매 조기 진단은 나 스스로 잘하겠지만, 만약 치매가 오면 누가 시간 맞춰 약을 챙길지 걱정이다. 치매 환자에게 약을 제때 챙겨 먹게 하는 방안도 필요하다.

나는 오래전부터 노인 문제, 치매 문제에 관심이 많았다. 그런데 내가 직접 보고 겪으면서 노후 대책으로 치매 대책이 꼭 선행되어야 한다고 생각한다. 치매 국가책임제를 외쳤지만, 국가가 치매에 대해 얼마나 고민하고 얼마나 도움을 주는지 의문이다.

이대로 가다가는 치매가 국가에 치명타로 돌아올 수 있다. 국가는 치매 관련 정책을 촘촘히 수립하고 치매 예산을 책정해야 할 것이다.

치매 환자로 인한 가족 간의 불화나 간병 문제로 발생하는 경제적 문제, 간병살인 등 치매 환자로 인해 발생하는 사회문제에 국가가 나서야 한다고 생각한다. 그러나 모두의 관심에서 뒷전이다. 나 혼자 무슨 힘으로 이 문제를 공론화할지 막막하다. 그때마다 사실 나는 노인복지가 잘된 나라로 떠나고 싶다는 생각도 한다.

그러나 나는 힘닿는 데까지 치매에 매달릴 것 같다. 정책을 입안하는 사람이든 정치인이든 가족 치매를 겪어봐야 조금이나마 치매 정책에 관심을 가지고 임할 것 같다. 이 책을 쓰는 이유도 그중 하나다. 그리고 미래의 치매 가족, 현재의 치매 가족, 요양보호사가 전문성을 가질 수 있기를 바라서다.

치매 환자가 요양보호를 제대로 받게 해야 한다. 요양보호사를 보내는 센터나 요양원 등 꼼꼼한 체크가 건강보험을 제대로 쓸 수 있게 한다는 생각이다. 자칫하다가는 복지 재벌을 만들고 복지 공화국이 될 것이다. 내가 얼마 전 쓴 책 ≪복지 공화국≫에서 우려한 복지 공화국의 탄생은 현실로 다가올 것이다. 센터나 요양원도 잘하는 곳은 보상을 해주고, 잘못된 요양원이나 센터는 자격을 박탈할 수 있어야 한다고 믿는다.

이 글이 많은 사람에게 읽히고, 치매에 대해 깊이 생각해볼 기회가 되길 바랄 뿐이다.

-끝-

그 뒤의 이야기

시간은 정말 쏘아 올린 화살처럼 빨리 가고, 코로나19라는 괴물 때문에 엄마 면회도 안 되다가 유리창을 사이에 두고 2m나 떨어져 얼굴만 바라볼 수 있는 면회가 허락된 것이 그나마 다행이었다.

지난 달 둘째 동생이 엄마를 보고 싶어 2주간 자가격리를 감수하고 남미에서 날아왔다. 엄마는 그토록 보고 싶던 아들과 마주 서자 너무 좋아하시고, 언제 손이라도 잡을 수 있느냐고 안타까워했다.

둘째 동생과 나와 큰동생이 같이 면회를 갔을 때는 엄마가 무척 흐뭇한 모습으로 바라보았다. 둘째는 남미로 돌아가기 전까지 엄마 면회를 갔다. 그리고 백신이 출시되었다는 소식이 알려지고 희망이 생겼다. 그러나 우리에게는 언제 혜택이 올지 몰랐다.

그런데 생각보다 빨리 백신 접종이 시작됐다. 요양원은 더 빨리 시작됐지만 요양원에서 맞는 백신은 아스트라제네카여서 내가 별도로 동사무소를 찾아가 화이자로 예약을 하고 큰동생이 엄마를 모시고 왔다. 엄마 걱정을 많이 했는데 백신을 맞은 날만 열이 좀 났다. 다음 날 좀 쉬더니 집에 데려다달라고 했다. 이제 엄마는 요양원을 우리 집이라 하시고 무척 편안해한다.

2차 접종 후에는 다음 날 집에 데려다달라고 했다.

"서울은 공기가 안 좋아. 우리 집은 공기도 좋고 너무 좋아. 서울은 너무 답답해."

엄마는 무사히 2차 접종을 마치셨으니 우리만 접종을 하면 면회가 가능하게 된다. 미국은 미국에 들어온 사람들은 누구나 백신을 맞을 수 있다기에 둘째에게 가까우니 미국 가서 접종하라고 했다. 그랬더니 돌아가는 길에 미국 막내 집에 들러서 이미 얀센 백신을 맞았다고 했다. 사실 남미는 브라질 변이도 있고 백신 구입도 어려운 상태라고 해서 걱정을 많이 했다.

엄마는 백신을 맞으러 왔을 때 예전처럼 당당하고 백신도 아무 문제가 없어 기뻤다. 엄마와 우리 남매는 코로나19 전까지 가끔 만나 드라이브도 하고 밥도 먹었다. 큰동생은 지방 출장길에도 요양원에 들러서 엄마를 보고 왔다.

요양원에서는 엄마가 활동하는 모습을 공유해주고 영상통화를 자주 시켜주었다. 엄마는 그때마다 명랑하고 항상 우리 걱정을 했다. 1차 백신을 맞은 뒤에는 요양원 친구와 나가서 인절미를 사드셨다고 했다.

엄마는 내가 모실 때보다 치매 증상도 완화됐고 더 건강해졌다. 무엇보다 좋은 것은 밝아지고 편안하다는 점이었다. 요양원 프로그램을 따르고, 무엇보다 말동무가 있고, 나가고 싶으면 산책로를 걸을 수 있다. 원장님의 부친이신 목사님과 매일 밤 자기 전 기도를 함께하며 신앙생활로 마음의 안정이 이루어지고 스트레스 받을 일이 없기 때문인 것 같다.

집에 오셨을 때도 이웃들을 다 기억했고, 이웃들은 엄마가 건강해 보인다고 했다. 나는 엄마가 행복하게 지내고 건강하면 같이 있지 못해도 좋다.

그런데 계절이 바뀔 때마다 주위에서 들려오는 소식이 "우리 엄마가 치매인데 어떻게 하느냐?" "친정아버지가 혼자 계시는데 치매라 어찌할지 모르겠다" "시어머니가 치매인 것 같다"는 연락을 자주 받는다.

좀 더 빨리 이 책이 나왔더라면 같은 말을 반복할 필요가 없었을 것이다. 요양보호사나 치매 복지 담당자들이 이 책을 꼭 읽고 대책을 마련해주었으면 하는 바람이다. 그리고 치매 보험을 파는 보험사들도 보험을 팔려고만 하지 말고 간병비 준다, 뭘 준다, 돈이면 다 된다고 말하지 말고 보험 드는 사람들이 치매가 뭔지 알 수 있게 이 책을 한 권씩 선물하면 좋겠다는 생각이다.

이 책이 다가올 치매 시대의 길잡이가 되어주길 바라며 이 글을 맺는다.

새우와 고래가 숨 쉬는 바다

엄마의 방
치매 엄마와의 5년

지은이 | 유현숙
펴낸이 | 황인원
펴낸곳 | 도서출판 창해

신고번호 | 제2019-000317호

초판 인쇄 | 2021년 07월 15일
초판 발행 | 2021년 07월 22일

우편번호 | 04037
주소 | 서울특별시 마포구 양화로 59, 601호(서교동)
전화 | (02)322-3333(代)
팩시밀리 | (02)333-5678
E-mail | dachawon@daum.net

ISBN 979-11-91215-09-0 (03810)

값 · 14,000원

이 도서는 한국출판문화산업진흥원의
'2021년 우수출판콘텐츠 제작 지원'사업 선정작입니다.

Publishing Club Dachawon(多次元)
창해·다차원북스·나마스테